Arizona Pay – Wege des Schicksals

Elke Schneider

Arizona Pay – Wege des Schicksals

Bibliografische Information der Deutschen Nationalbibliothek:
Die Deutsche Nationalbibliothek verzeichnet diese Publikation in der
Deutschen Nationalbibliografie; detaillierte bibliografische Daten sind im
Internet über
http://dnb.d-nb.de abrufbar.

Satz, Umschlaggestaltung, Herstellung und Verlag:
Books on Demand GmbH, Norderstedt
ISBN: 978-3-8370-3225-3

Es war Anfang Dezember 2006, ein sehr milder Winter, als ich sie da stehen sah.

Am Ufer des Mains, auf der Sachsenhäuser Seite, stand eine junge Frau, Ende zwanzig hätte ich sie geschätzt. Ihr schulterlanges, leicht gelocktes braunes Haar wehte sanft im Wind.

Wie ich sie da so stehen sah, dachte ich bei mir, dass die Frau tief in Gedanken versunken sein musste. Schweigend sah sie hinüber auf die imposante Skyline von Frankfurt am Main.

Mein Blick hatte mich nicht getäuscht. Diese junge Frau war an ihre Wurzeln zurückgekehrt, den Ort, wo im Jahre 1976 alles begonnen hatte.

Sie war in Sachsenhausen geboren und hatte auch ihre Kindheit dort verbracht, oberhalb der Sachsenhäuser Warte, im Ersten Wartegässchen 21. Ein kleines Haus, umgeben von viel Rasen und Bäumen. Eine große Birke stand rechts vom Eingang, die fast die Sicht auf das Haus versperrte. Die Straße hatte keinen Bürgersteig, an die Kanalisation waren die wenigen Häuser dort auch noch nicht angeschlossen, und dass gelegentlich der Strom ausfiel, erschien den dort lebenden Menschen normal.

Rechts und links von dem kleinen Haus befanden sich Schrebergärten, und erst einige Hundert Meter entfernt folgte der nächste Nachbar. Es war ein Paradies für Kinder – der damaligen Zeit, muss ich hinzufügen, denn die heutige Jugend würde es vermutlich als Zumutung ansehen. Man spielte den ganzen Tag im Garten, baute Baumhäuser, fuhr mit BMX-Rädern über selbst gebaute Schanzen, trainierte mit dem Schäferhund unsinnige Dinge ein, besaß Hasen und Hühner. Toll war es auch, den Monte Scherbelino mit dem Skateboard herunterzufahren. Da konnte man mal schnell mit dem Fahrrad hin.

Als das Mädchen sechs Jahre alt war, gab es einschneidende Veränderungen in seinem Leben – im positiven Sinn. Die

Nachbarn waren Schausteller, im Frankfurterischen auch Schiffschaukelbremser genannt, und hatten nicht nur einen Kartoffelpufferstand, sondern auch Ponys. Eigentlich konnten einem diese Tiere leidtun, wenn sie den ganzen Tag in all dem Trubel auf einer Kirmes oder Dippemess im Kreis gehen mussten, doch darüber dachte man in dem Alter noch nicht so nach.

Auf der Suche nach neuen Abenteuern zog es das kleine Mädchen immer wieder zu den Ponys, bis sie eines Tages dann einmal reiten durfte. Dieser Tag erschien ihren Eltern rückblickend vermutlich als Tag der Infektion mit einem Virus – dem Pferdevirus.

Addi war ein ausgemustertes Kirmespony und besaß nur noch ein Auge, doch für das kleine Mädchen war die Schimmelstute ein Traum, wie ihn viele Mädchen in seinem Alter träumten. Manchmal konnte es die Besitzerin sogar möglich machen und das Mädchen mit dem Pony von der Grundschule abholen. Das war natürlich todschick.

Doch die Zeit blieb nicht stehen. Das Mädchen wurde zu groß für die kleine Shetlandstute und begann in einer Reitschule in Niederrad zu reiten, diesmal richtig ernsthaft mit Reitstiefeln und Kappe. Vorher hatten es Turnschuhe und Cowboyhut getan.

Das Mädchen lebte so in seiner heilen Welt und besuchte Addi immer noch regelmäßig, bis das Pony im hohen Alter starb.

Doch diese heile Welt begann zu bröckeln, als das Mädchen zwölf Jahre alt geworden war. Der Vater hatte beschlossen, sich selbstständig zu machen, was ja im Grunde nicht Schlimmes ist. Aber sie hatte ganz und gar nicht damit gerechnet, jemals dieses kleine Haus im Wartegässchen verlassen zu müssen.

Die Familie zog in das etwa acht Kilometer entfernte Neu-Isenburg um. Eine nette kleine Stadt, die ihre Vorteile hatte. Man konnte mal schnell über die Straße zum Einkaufen gehen, ein Bäcker war nicht weit, es gab Bürgersteige und keine Stromausfälle mehr. Allerdings hatte man jetzt auch direkte Nachbarn, alles war etwas eng, und zu den Stoßzeiten morgens und abends stritt man sich um die knappen Parkplätze.

Ihre Hühner brachte die Familie im Geflügelzuchtverein unter, der damals am Gravenbruchring war, nicht gerade ein Highlight. Die älteren Herren waren zwar sehr hilfsbereit und nett zu dem Mädchen, jedoch so ganz allein auf weiter Flur dort, das war auf die Dauer nichts für sie. Ihr Zwerghahn Pedro belegte einmal den dritten Platz im Wettkrähen, und ein paar Tauben kamen hinzu, doch als Pedro tot war, gab sie ihr Gehege auf.

Zu Beginn radelte sie noch einige Male durch den Wald nach Sachsenhausen zu den Ponys und inzwischen auch Quarter Horses, bis sie sich dann in der neuen Stadt auf die Suche nach Pferden und Ponys machte.

Neu-Isenburg war zwar für seinen Fahrsport bekannt, nur war es dem Mädchen eher unheimlich als angenehm auf solch einem Kutschbock. Nach einigen Reitbeteiligungen folgte dann das erste eigene Pony: Miron, ein dreijähriger Araber-Haflinger-Wallach, noch nicht eingeritten und gerade frisch kastriert; man könnte auch sagen, ein ungehobelter Mistkerl.

Sie arbeiteten viel zusammen und kamen zu einem nicht allzu schlechten Ergebnis. Rasch folgte auch der erste eigene Stall.

Nun hatte sie nach dem Verlust ein neues Zuhause und radelte vor der Schule ans andere Ende der Stadt, um die Pferde zu füttern und dann mit der Straßenbahnlinie 14 nach Sachsenhausen in die Realschule zu kommen. Hausaufgaben wurden in der Bahn gemacht, das wackelte zwar ziemlich, aber diese fast dreißig Minuten mussten ja effektiv genutzt werden. Nach der Schule kam das Mädchen eher selten nach Hause, sondern fuhr direkt zum Stall.

Miron wurde verkauft und hatte nun beim therapeutischen

Reiten eine neue Aufgabe. Noch Jahre später erfuhr sie durch Zufall immer mal wieder, dass es ihm gut ging und er noch immer im selben Stall beheimatet war, wohin er verkauft worden war. Es folgten andere Ponys und gar mal ein Friese.

Langsam kam sie in das Alter, in dem man sich für Jungs zu interessieren begann. Abends, vor allem an jedem Mittwoch, traf man sich auf dem Marktplatz, hörte später im Keller der Gemeinde Musik und hing gemütlich herum. Schon damals war das Mädchen immer etwas anders als die anderen jungen Leute, denn die Pferde forderten viel Verantwortung und Pflichtbewusstsein, weshalb sie an vielen Veranstaltungen in der Gruppe nicht teilnahm.

Hin und wieder kamen junge Männer ins Spiel, doch gegen die Pferde hatten sie keine Chance, sosehr sich die Armen auch bemühten und sogar zum Stall hinausfuhren, um sie zu sehen.

Im Grunde sollte sie zufrieden sein: eigener Stall, eigene Pferde, und die Schule lief nebenbei gut mit. Doch innerlich suchte sie nach etwas Besonderem, einem speziellen Pferd. Mithilfe eines Reitlehrers probierte sie einige Pferde aus, doch entweder kamen diese nicht durch die Ankaufsuntersuchung des Tierarztes, oder Pferd und Reiterin passten einfach nicht zusammen.

Für damalige Verhältnisse waren fünfzehntausend Mark eine Menge Geld. Doch selbst in dieser Preisklasse schien sich kein passendes Pferd zu finden.

Es war ein verregneter Sonntag, als sie sich mit ihrem Vater erneut auf die Suche machte. Ihr Ziel war ein Pferdehändler in Gundernhausen, bekannt dafür, dass er eher importierte Pferde als deutsche verkaufte, dadurch aber auch preiswerter war.

Der Händler zeigte brav eine große Anzahl von Pferden mit und ohne Platzierungen, doch keines der Tiere sprach sie an, nicht eins davon wollte sie reiten. Der Pferdehändler wurde langsam grantig. »Du bist zu schlau für mich, Mädchen«, brummte er, als sie alle drei zur letzten Box kamen.

In der Box stand ein völlig verwahrlostes, kleines dunkelbraunes Pferdchen mit langer Mähne und sah sie verängstigt an. Genau dieses wollte sie sehen. Und nachdem sie das Pferd in der Reithalle hatten laufen lassen, wollte sie es unbedingt reiten.

Der Vater und der Händler hielten den kleinen Wallach fest, damit sie aufsteigen konnte. Sobald sie das Pferd losgelassen hatten, schoss es mit ihr über den matschigen Reitplatz.

Strahlend sah sie ihren Vater an. »Das ist er! Den will ich haben!« Der Vater verlor die Farbe aus dem Gesicht, denn eigentlich war er nicht bereit, für solch eine heruntergekommene Kreatur Geld zu bezahlen. Doch sie blieb felsenfest, und der Vater gab nach. Als sie zu Hause ankamen, sagte er zu seiner Frau: »Wir haben noch nie so ein hässliches Pferd im Stall gehabt!«

Am folgenden Tag wurde der kleine vierjährige Russenwallach von ihr und ihrer Mutter abgeholt. Sie hatte ja noch keinen Führerschein. Schließlich war sie erst sechzehn.

Arizona Pay

Die junge Frau strahlte beim Anblick dieses mickrigen Pferdchens und zeigte stolz ihren Neuzugang anderen Reitern, welche sich nur wunderten über diesen hässlichen kleinen Vogel.

Papiere gab es damals noch nicht für das Pferd, die lagen angeblich noch an der Grenze. Vielleicht mussten sie auch erst noch gedruckt werden. Jedenfalls bekam der Kleine den Namen Arizona Pay, nach einem Film, der von einem Mädchen handelte, das sich den Erfolg mit seinem Pferd erarbeiten musste. Es war nicht zu übersehen, dass auch sie würde kämpfen müssen, um aus diesem Ungestüm ein einigermaßen normales Reitpferd zu machen.

Im Grunde konnte man zunächst mit diesem Tier nichts anfangen. Anbinden ließ es sich nicht und galoppierte mehrmals mit einem Pfosten am Halfter hängend davon. Hufe auskratzen, dagegen hatte der Wallach schlagkräftige Argumente, beim Reiten gab es keine wirkliche Lenkung und auch nicht immer eine Bremse.

Ihr Vorteil war, dass auf dem Gelände, wo sie ihre fünf Boxen und die Weiden hatte, sich auch ein kleiner Reitplatz befand. So musste sie nicht zum Reitverein hinüber, wo die Reithalle sowieso fast immer voll war.

Also begannen die beiden fast bei null, und Tag für Tag trainierte sie mit dem Wallach auf dem Platz, zu Anfang viel an der Longe, damit er erst einmal Muskulatur aufbaute. Rasch lernte er auch die Kommandos. Pay war unter dem Sattel hektisch und nervös: Sobald die Reiterhand zu grob wurde, gab er Gas. Dieses Pferd lehrte sie etwas ganz Wichtiges: fair zu bleiben, denn es verzieh keine Unachtsamkeit oder grobe Fehler.

Wie so oft ritt sie auch an diesem Tag mit ihm allein aus und wollte eine kleine Runde im Wald drehen. Es war Freitagnachmittag, die Rushhour hatte begonnen, doch Pay kannte den zeitweise stark befahrenen Gravenbruchring bereits, den sie immer überqueren mussten, wenn sie in den Wald wollten.

An der Autobahn entlang führte ein gerader Reitweg, der von fast allen Reitern zum Galoppieren genutzt wurde. Doch an diesem Tag befanden sich mal wieder Fußgänger mit zwei frei laufenden jungen Schäferhunden und einem Kinderwagen auf dem Weg. Langsam und im Schritt näherte sie sich ihnen mit Pay, bis die beiden jungen Hunde auf das Pferd aufmerksam wurden. Dass Pay Angst vor Hunden hatte, wusste sie, doch dass sie sich gerade in Gefahr begab, war ihr nicht bewusst.

Die beiden Hunde fanden das große Tier interessant und kamen lauthals kläffend auf Pay zugerannt. Unter ihr begann sich das Pferd am gesamten Körper anzuspannen, sein erhöhter Herzschlag war durch den Sattel zu fühlen. Beruhigend redete sie auf Pay ein – vergeblich. Er schaffte es nicht, diesen Stress zu verarbeiten, drehte sich um und galoppierte nach Hause – in Richtung Straße!

Noch nie zuvor in all den vergangenen Jahren ihrer Reiterei hatte sie es erlebt, dass ein Pferd derartig unberechenbar wurde und nur noch seinem Fluchtinstinkt folgte.

Im Nu schossen sie auf die Straße, doch zum Glück kam in diesem Moment kein Fahrzeug. Der Weg machte eine leichte Linkskurve, in der es Pay die unbeschlagenen Hufe wegriss. Sie stürzten und schlitterten einige Meter über den Asphalt, bis die Bordsteinkante sie bremste. Die junge Frau stand sofort auf, doch Pay blieb liegen.

Die Sekunden kamen ihr wie Minuten vor. Auf einmal sprang er auf und wollte weiter zum Stall galoppieren, doch sie hatte die Zügel ergriffen und hinderte ihn daran. Die Bandagen hatten ihr Soll erfüllt und hingen als Stofffetzen an seinen Beinen herunter, doch außer Schürfwunden war beiden nichts Ernsteres passiert. Sie hatten einfach Glück.

Seit diesem Unfall hatte Pay arge Probleme, das Stallgelände zu verlassen, und sie mussten Stück für Stück trainieren: einen Meter vor das Tor, wieder zurück, und so weiter.

Es war Februar geworden, und in diesem Jahr hatte sie viel vor mit ihrem Pay. Endlich ein Pferd zu besitzen, mit dem sie Turniere bestreiten konnte, hieß das große Ziel. Und da bei der FN ja alle Pferde beim Jahreswechsel ein Jahr älter werden, galt er nun schon als fünfjährig und immer noch unerfahren.

Unter dem Sattel hatte der kleine Wallach große Fortschritte gemacht, ließ sich viel besser kontrollieren, und auch die Übergänge waren fließender.

Statt Schnee gab es in diesem Winter sehr viel Wasser, und Tag für Tag kämpften sich die beiden durch den Schlamm ihrem Ziel ein Stück näher.

Immer mittags nach der Schule rief sie Pferde und Ponys. Sie kamen nach vorne zum Stall, denn da gab es ja wie immer etwas Leckeres zu fressen. Doch an diesem Tag kam Pay nicht und blieb auf der Weide. Sonderbar war er ja immer schon gewesen, und so richtig in die Herde eingefügt hatte sich der Kerl auch nicht wirklich, blieb eher abseits. Sie ging zu ihm, gab ihm seinen Apfel und stieß ihn an, damit er sich bewegte. Sofort war klar, warum Pay nicht zum Stall gekommen war: Der Wallach lahmte. Sie zog ihn mit nach vorne in den Stall, spritzte ihm seine Beine ab und fand dann auch die Ursache des Problems. In Pays rechtem Hinterhuf steckte ein rostiger Nagel.

Sofort schwang sie sich auf ihr Fahrrad und fuhr zur Telefonzelle. Ja, es gab eine Zeit, da hatte man noch keine Handys und lebte trotzdem!

Der Tierarzt aus Groß-Gerau kam und meinte, das Pferd müsse operiert werden, da er sich nicht sicher war, wie tief genau der Nagel im Huf steckte. Eventuell war die Sehnenscheide geöffnet. Ihr war in diesem Moment nicht bewusst, dass eine

offene und daher auch verdreckte Sehnenscheide schnell das
Ende für ein Pferd bedeuten konnte. So musste Mutter als
Chauffeur kommen, und Pay kam in die Pferdeklinik.

Dort wartete man bereits auf ihn, und er kam sofort in die
gepolsterte Ablegebox. Nachdem er einen venösen Zugang, eine
sogenannte Braunüle, gelegt bekommen hatte, folgte die erste
Sedation und dann die Gabe des Medikaments, woraufhin er
an der Wand heruntergleitend zu Fall gebracht wurde. Zuvor
hatte er noch eine Decke mit Gurten übergelegt bekommen.
Nun wurde er mithilfe der Krananlage an der Raumdecke
schwebend in den OP gefahren.

Alles folgte so, wie man es heutzutage in fast jeder Tiersen-
dung sehen kann. Pay wurde intubiert, wodurch er das Nar-
kosegasgemisch einatmete, und an die Infusion angeschlossen.
Das EKG zeigte einen kräftigen Ausschlag, und alles schien in
bester Ordnung zu sein.

Der Operateur säuberte die Eintrittsstelle und gab Entwar-
nung. Der Nagel hatte keine Sehnenscheide getroffen, sondern
war zum Glück nur in den Huf eingedrungen.

Sie stand da und streichelte unentwegt den Hals ihres Pferdes.
An so etwas wie Narkoserisiko verschwendete sie keinen Gedanken.

Der Hufverband wurde angelegt, und eigentlich sollte Pay
wieder zurück in die gepolsterte Aufwachbox gefahren werden,
als das EKG Alarm schlug: kein Ausschlag mehr zu verzeichnen – Herzstillstand!

Das Personal wurde hektisch. Einer der Männer begann sofort mit der manuellen Herzmassage, bis jemand den Defibril-
lator herbeigeschafft hatte.

Sie stand da und streichelte den Hals ihres Pferdes. Es konnte
nicht sein, es durfte nicht sein, dass Pay jetzt starb. In diesem
Moment realisierte sie den Ernst der Lage nicht.

Trotz aller Bemühungen war kein Ausschlag am Monitor zu

verzeichnen, nur der bekannte gerade Strich und das Alarmsignal. Dann sprang der Operateur auf das kleine Pferd, stützte sich mit einer Hand an Pays Schulter, mit der anderen an der Flanke ab und ließ sich immer wieder auf das Pferd niederkrachen. Da der Arzt eine stattliche Statur aufwies, konnte man eigentlich meinen, jetzt sei es mit dem Pferd erst recht vorbei. Die Zeit lief und lief, doch sie kämpften weiter um das Leben ihres Patienten. Dann plötzlich erschienen kleine, sanfte Bögen auf dem Monitor, die zu unregelmäßigen großen Wellen wurden. Pay kam sozusagen zurück unter die Lebenden. Große Erleichterung machte sich breit, und das Tier wurde in die Aufwachbox gefahren. Dort lag es nun unter dem Rotlicht. Seine Reiterin kniete neben ihm und streichelte es ohne Unterlass, und langsam wurde ihr bewusst, was denn da gerade eigentlich passiert war.

Der Tierarzt äußerte Bedenken, er sei sich aufgrund des mehrere Minuten anhaltenden Sauerstoffmangels nicht sicher, ob Pay nicht bleibende Schäden davontragen würde. Sie wollte das nicht hören. Hier zählte nicht der Verstand, sondern nur das Herz, und das sagte in diesem Moment: Er lebt.

Nach knapp einer Stunde stand Pay auf, und sie wich ihm nicht von der Seite. Die ganze Nacht verbrachte sie bei ihm in der Box. Pay ließ den Kopf hängen, rührte sich nicht von der Stelle, wirkte völlig abwesend und reagierte nicht, weder auf Futter noch wenn man ihn ansprach.

Gegen vier Uhr in der Frühe endlich kam er dann auf sie zu und stupste sie an, so wie er es auch vor der OP gern getan hatte. Da war ihr klar: Es war ihr Pay geblieben.

Der kleine Russe hatte an diesem Tag einmal mehr unter Beweis gestellt, dass er leben wollte. Fast eine Woche blieb er noch zur Beobachtung in der Klinik, und es wurde mehrfach ein EKG erstellt, jedoch nur noch, wenn sie dabei war. Er konnte sich nämlich schon wieder wie gewohnt danebenbenehmen und stand mit ihr zusammen besser still.

Ob er diesen Herzfehler zuvor bereits gehabt hatte, war nicht zu klären.

Turniere fielen erst einmal aus, und Pay bekam Zeit, sich zu erholen. Der Hinterhuf, an den niemand mehr dachte, verheilte ohne Probleme. Als Pay wieder ins Training zurückkam, waren keine Leistungseinbußen zu erkennen, und weiter ging es mit den beiden, ihr Ziel – die Turniere – im Auge.

Unter dem Sattel machte das Pferd große Fortschritte. Wie gerne hätte sie zu diesem Zeitpunkt einen Reitlehrer an ihrer Seite gehabt. Doch da war niemand, und sie kämpften sich allein mit ihren Problemen durch. Die fliegenden Galoppwechsel waren oft noch viel zu wild, die Kruppe in der Luft, doch Pay verstand sehr schnell, was man von ihm wollte, und das war einfach sehr angenehm.

Dann kam der Moment, wo ihr Pay zeigte, was es eigentlich hieß zu reiten. All die Jahre zuvor in den unzähligen Reitstunden und vielen Reitschulen hatten Reitlehrer immer wieder versucht, ihr zu erklären, worauf sie hinarbeiten sollte, doch das wirkliche Ziel lieferte ihr Pay. Es war ein Tag wie jeder andere, und sie trainierte auf ihrem Reitplatz. An diesem Tag waren sie eigentlich nur auf A-L-Niveau unterwegs, doch da senkte Pay spürbar seine Hinterhand, setzte diese unter seinen Körperschwerpunkt und war im Maul so leicht wie eine Feder. Ja, das schien dieser Zustand zu sein, von dem einige erzählten, den man aber nicht nachfühlen kann, wenn man ihn nicht erlebt hat.

Ihr Ehrgeiz wurde noch größer, und jetzt wollte sie dies eigentlich immer erreichen, wenn sie ihn ritt. Doch es gelang ihr nicht. So etwas setzte voraus, dass man voll auf das Pferd konzentrierte und nicht mit seinen Gedanken im Alltag war oder womöglich auf dem Pferd noch telefonierte.

Der Sommer kam, Pay war gut im Training, doch dann holte ihn eine mysteriöse Krankheit ein. Unerklärliche Anfälle überkamen ihn, einer Kolik sehr ähnlich. Egal wo, auf der Weide, in der Box beim Fressen oder in Ruhe startete er auf einmal, schaute zu seinem Bauch, warf sich mehrfach auf den Boden, aber dann war alles wieder in Ordnung.

Auch nach der Gabe von krampflösenden Medikamenten und schmerzstillenden Präparaten bekam er solche Anfälle, die sich keiner erklären konnte. Alle anderen Pferde und Ponys schienen von dieser Erkrankung nicht betroffen zu sein.

So folgte erst einmal wieder ein Trainingsstopp, und Pay nahm in der Folge sehr stark ab. Auch nach einer Woche in der Klinik, wo sie ihn natürlich jeden Tag besuchte, kam man nicht zu neuen Erkenntnissen. Dass seine Blutwerte immer wieder verrückt spielten, wusste man ja bereits aus der Zeit, als er operiert worden war, doch trotz der Gabe von Medikamenten verbesserten sie sich nicht.

Allgemeine Ratlosigkeit machte sich breit. Keiner wusste, wie man ihm helfen konnte, und die Anfälle kamen immer häufiger. Seine Chance sollte eine Sommerweide bei einem Bekannten sein, wo er dann 24 Stunden am Tag unterwegs sein konnte. Vielleicht würde ihm das helfen. Wohl war ihr nicht dabei, denn dort konnte sie ihren heiß geliebten Pay nicht täglich sehen, und so war es die erste Zeit, in der beide voneinander getrennt waren.

Die mittlere Reife hatte sie gut abgeschlossen, und es bestand kein Hindernis, das Gymnasium zu besuchen, doch auf Schule hatte sie eigentlich keine Lust mehr. Der Plan war, eine Ausbildung als Gärtner zu absolvieren. Das war gut durchdacht, da ihr die Arbeitszeiten erlauben würden, genügend zu reiten. Doch dann strich die Stadt die Lehrstellen, und last, but least ging sie doch aufs Gymnasium in Neu-Isenburg.

Jung, dynamisch und ohne Ziel, so könnte man ihren damaligen Zustand beschreiben. In der Schule ließen ihre Leistungen in manchen Fächern erschreckend nach, doch das störte weder die Lehrer noch sie selbst besonders. Sie war früher eigentlich ganz gern in die Schule gegangen, doch hier war es eben anders, viel schicker und feiner, und sie konnte sich nicht integrieren. So brach sie im zweiten Halbjahr der elften Klasse einfach das Schuljahr ab und konzentrierte sich nur noch aufs Reiten.

Im Grunde ritt sie nun ohne »Plan B« durch ihr Leben, bis der betreuende Tierarzt dahinterkam, dass sie gar nichts mehr machte. Die Eltern waren gerade nicht da, da kam der Tierarzt mit seinem Hänger vorbei, lud den Friesen ein, und es ging in die Klinik. So war sie dann mit siebzehn eben mal zu Hause ausgezogen. Der Tierarzt versuchte ihr klarzumachen, dass sie doch ihr Abitur machen sollte, doch sie blieb stur. So gab er ihr einen Ausbildungsplatz als Tierarzthelferin in seiner Klinik. Nie zuvor hatte sie auch nur im Geringsten darüber nachgedacht, diesen Beruf zu erlernen.

Pay ging es auf der Koppel nicht gut. Er hatte zwar keine Anfälle mehr, doch eine empfindliche Verletzung in der Fesselbeuge, welche der Bekannte wohl nicht gesehen hatte. So kam auch Pay in die Klinik.

Mit dem Friesen zusammen ging er erst einmal auf die Weide und nahm langsam wieder zu. Die Arbeitswelt kam nun auf sie zu, und der Friese wurde verkauft. Zwei Pferde waren zu viel, und Pay hätte wirklich niemand gewollt. Sein Job in diesem Sommer bestand darin, anderen Pferden mit Verladeproblemen in den Hänger zu helfen, seine wichtigste Funktion zu diesem Zeitpunkt.

Pay hatte sichtlich zugenommen. Leider hatte er den Mann getreten, der die Boxen mistete. Nun wollte sie es erneut mit Pay versuchen. Ganz in der Nähe, in Trebur, hatten Kunden einen neuen Stall eröffnet. Da brachte sie ihn hin, weil die Trainingsmöglichkeiten gut waren. Dort war er optimal versorgt, hatte Auslauf, bekam viermal am Tag Futter und hatte eine schöne große Box. Schnell wurden die beiden wieder eine Einheit, und erneut kam der noch immer vorhandene Wunsch in ihr hoch, mit diesem Pferd Turniere zu bestreiten. Zu ihm hatte sie einfach eine viel intensivere Verbindung oder gar Beziehung als je zu einem anderen Pferd, trotz all der Tiefpunkte.

An Ostern war das Wetter sehr schön, und Pay kämpfte noch immer mit seinen Angstattacken im Gelände. Doch an diesem Morgen arbeitete sie sehr früh mit ihm auf dem Reitplatz. Der Nebel stieg noch aus dem Gras empor, und Pay war sehr ruhig. Nach dem üblichen Dressurtraining ritt sie aus dem Hoftor und trabte zielstrebig an, vorbei an grasenden Rehen, immer weiter, und sie galoppierten gar ein Stück. Gelassen und ohne Attacken kamen die beiden in den Stall zurück. Fast zwei Jahre hatte es nun gedauert, bis das kleine Pferd über seinen eigenen Schatten hatte springen können.

Zu einer ausgewogenen Ausbildung gehörte nun einmal das Springen, was jedoch nicht einfach war, wenn das Pferd es nicht konnte und die Reiterin unbegründete Angst davor hatte. Es folgte Pays erster Sprung, ein weiß-rotes Kreuz, vor dem er erst einmal verweigerte. Beim zweiten Versuch preschte er unkontrolliert darüber hinweg.

Dies war der Anfang einer längeren Springepisode mit Pay. Auch nach einigen Monaten war es ihr nur möglich, alle Sprünge im Schritt anzureiten, den Rest erledigte Pay unkontrolliert schnell und wendig wie eine Katze. Er ließ sich absolut nicht kontrollieren und sprang wie der Teufel, was jedoch zur Folge hatte, dass er und seine Reiterin sich des Öfteren nach dem Sprung trennten, da sie sich über die Richtung uneinig waren. Passiert ist dabei keinem von beiden etwas.

Nach einigen Monaten und mit etwas mehr Routine wurden die beiden gar nicht schlecht im Springen, und seine Reiterin fand Gefallen daran, denn er sprang einfach immer. Egal wie unpassend Pay oft an den Sprung kam – er sprang immer, hatte dadurch vielleicht mal einen Fehler, aber er sprang.

18

Zusätzlich begann sie die Araber im dortigen Stall zu reiten, die einem japanischen Autohandel gehörten. Der Besitzer jedoch wollte bald in Pension gehen, und sie wurde gefragt, ob sie denn nicht mit den Arabern in die Schweiz gehen wollte. Ja, sie überlegte schon, doch die Angst, dann ohne Ausbildung dazustehen, war zu groß, und so blieb sie da.

Ihren Ausbildungsplatz hatte sie inzwischen gewechselt und auch den Führerschein gemacht. Aus dem Mädchen wurde langsam eine Frau, die jedoch noch immer wenig Sinn für Männer hatte – denn es gab ja Pay in ihrem Leben, und dem gehörte jede freie Minute.

Sie standen voll im Training und wollten ihr erstes Springen in Egelsbach angehen. Endlich sollte es nun doch so weit sein. Der erste gemeinsame Start sollte in vier Wochen folgen, und sie fieberte dem Tag entgegen.

Doch eine Woche vor dem Turnier ging Pay aus unerfindlichen Gründen vorne lahm. Also stand sie wieder mal auf einem Turnierplatz, diesmal in Egelsbach, und sah zu. Ja, es tat ihr innerlich schon weh, wieder nicht starten zu können, wieder einen Rückschlag erlitten zu haben.

Da es auch nach einigen Tagen nicht besser wurde, fuhren sie in eine Klinik zum Röntgen. Die Diagnose lautete: vorne rechts, mediales Griffelbein abgebrochen. Der Tierarzt in dieser Klinik hörte auch Pays Herz ab und stellte ein deutlich erhöhtes Narkoserisiko fest. Pay sollte Zeit bekommen, Boxenruhe, mit der Hoffnung, dass sich genügend Kallus bilden würde, um das Fragment zu stabilisieren. Würde er sich erneut an dieser Stelle das Bein anstoßen, konnte sich das Stück Knochen verschieben und Sehnen oder Fesselträger verletzen.

Wegen der Entfernung wechselte Pay erneut den Stall und kam nach Götzenhain. Dort bewohnte er eine Außenbox, es gab zwei Reitplätze und eine Halle. Weidegang war wegen der vielen Pferde nur stundenweise möglich. Vom Wohnort ihrer

Eltern, wo sie ja noch lebte, waren es jedoch nur etwa 15 Minuten, und so konnte sie, wenn es der Job erlaubte, manchmal sogar zweimal am Tag nach ihrem Liebling sehen. Mit dem Reitlehrer, der zugleich der Stallbesitzer war, trainierte sie zusammen, und es war ein harmonisches Team. Oft trainierte sie, wenn es das Wetter zuließ, auf dem großen Reitplatz hinter der Halle, möglichst morgens ganz früh, wenn der Nebel noch in den Feldern über Götzenhain lag.

Immer und immer wieder arbeitete sie verbissen mit Pay, Tag für Tag, ihr Ziel vor Augen, Turniere zu bestreiten. Das Einreiten auf der Mittellinie, die Galopp-Pirouette nach rechts ging schlechter als nach links, die fliegenden Galoppwechsel oft zu eilig und flach durchgesprungen. All dies aber fasste sie als Aufgabe und nicht als Problem auf.

Das Schicksal kreuzte erneut ihren Weg. Pay begann immer öfter unter dem Sattel und auch an der Longe mit dem Kopf zu schlagen. Sie ließ den Tierarzt aus Dietzenbach kommen. Dieser sah in Pays Maul und diagnostizierte zu viel Zahnfleischmasse: Immer wenn der Wallach sich darauf biss – die Stellen waren deutlich zu sehen –, war es ihm natürlich unangenehm.

Kurzerhand ritt sie Pay eben ohne Gebiss. Das Kopfschlagen verschwand auf der Stelle. Doch mit solch einer Zäumung konnte man nicht an Dressurturnieren teilnehmen, das ließ das Reglement nicht zu. Springen lassen wollte sie ihn ebenfalls ungern, aus Angst, dass sich die Griffelbeinfraktur verschieben könnte.

Wieder platzte der große Traum vom Turnierreiten. Die Tierarztkosten waren in der kurzen Zeit, in der sie Pay nun besaß, enorm hoch geworden, und von ihrem Ausbildungsgehalt allein konnte sie diese nicht finanzieren.

Also mussten die Eltern einspringen. Sie hatten zwar keinerlei Ahnung von Pferden und ritten selber nicht, wollten ihrer

Tochter aber gern den Wunsch erfüllen, an Reitturnieren teilzunehmen, endlich als Resultat jahrelanger Arbeit unter Beweis stellen zu können, sich mit anderen zu messen.

Doch es war Pay, nicht irgendein Pferd, so wie sie bereits mehrere besessen hatte. Die Verbindung zwischen beiden war etwas Besonderes. Nur die Erfüllung des Wunsches, des Traumes schien mit Pay nicht möglich zu sein. Die Kosten für ein zweites Pferd wären zu hoch gewesen, und auch wegen Zeitmangels hätte sie ihm nicht gerecht werden können. Es kam der Punkt, an dem sie sich die Frage stellte, wo ihre Zukunft liegen sollte. Und tief im Innern wollte sie den Wettkampf mit den Pferden.

Die Frage der Ehre, der Karriere war zu beantworten, und sie entschied, sich von Pay zu trennen, mit der Bitte, nie wieder etwas von ihm zu hören, denn es würde mehr als wehtun zu hören, wie es diesem für sie doch besonderen Pferd erging.

Pay verließ den Stall und sollte ein neues Zuhause bekommen. Sie bekam ein neues Pferd. Es sollte das Pferd für die Karriere, die Zukunft sein, für den Sport.

Egoismus – die Karriere geht vor

Nachdem sie sich gegen ihr Herz entschieden hatte, stand da nun die neue Hoffnung: ein dreijähriger Fuchswallach, deutlich größer als Pay und ganz anders im Typ. Kurz im Rücken, guter Schritt und Trab, der Galopp war noch förderungswürdig. Bewegen konnte er sich gut, worauf es ja im Dressursport letztendlich ankommt.

Rialto war sein Name. Damals wusste sie nicht, dass eine Brücke in Venedig so hieß, die man im Deutschen Seufzerbrücke nannte. Sonst hätte sie das Pferd wegen des schlechten Omens vermutlich nicht gekauft.

Im Stall von Götzenhain, in Pays alter Box, stand nun der sanfte Riese und wartete auf seine neuen Aufgaben. Gegen ihre Erwartungen verhielt er sich eher passiv. Nichts schien ihn aus seiner Gemütsruhe zu bringen – außer wenn er auf Hunde traf. Die konnte er im Gegensatz zu Pay nicht leiden.

Ihr Leben begann an Normalität zu gewinnen, und sie selbst wurde deutlich ruhiger. Jeden Tag in den Stall kommen zu können, ohne große Sorgen über irgendwelche Erkrankungen, das war neu für sie. Auch der Job in der Kleintierpraxis in Sossenheim brachte ihr große Freude. Kein Vergleich zu einer Pferdepraxis, eben etwas völlig anderes, und vielfältiger noch dazu.

Einen Rückschlag in Bezug auf Pay gab es dann leider doch. Sie hatte erfahren, dass Pay sofort eine neue Besitzerin gefunden hatte, ein Mädchen, welches mit ihm E- und A-Dressuren reiten wollte. Das hatte wohl gut funktioniert. Doch dann benahm er sich nicht mehr so vorbildlich, sodass die neuen Besitzer bei ihr anriefen, was mit dem Pferd los sein könne. Die junge Frau entschied sich, etwas zu tun, was im Grunde falsch ist – einem Pferd, das man einmal besessen hat, hinterherzufahren. Denn wenn man ehrlich ist, meint jeder Pferdebesitzer, dass es das Pferd bei ihm am besten hat.

Als sie bei den neuen Besitzern ankam, war ihr gleich klar, weshalb ihr Pay so nervös war. Das Radio auf der Stallgasse war voll aufgedreht, und Jugendliche fuhren mit ihren Mofas die Gasse entlang. Das war natürlich Gift für Pays Nerven. Die neue Besitzerin aber, das junge Mädchen, verstand ihre Erläuterungen nicht, und der Besuch dauerte nicht lang.

Den Winter über trainierten sie fleißig, und der Riese wurde besser. Seine Lernfähigkeit glich eher der einer Schnecke, doch wenn er etwas gelernt hatte, konnte man es jederzeit abrufen. Im Galopp fehlte ihm noch immer das Gleichgewicht, und da er bisweilen unkonzentriert war, stand er sich des Öfteren selber im Weg. An der Longe stürzte Rialto schon einmal, weil er rechtsherum galoppierte und gleichzeitig nach links aus der Tür sah. Dann stand er seelenruhig auf, schüttelte sich und blieb stehen – eben eine echte Seufzerbrücke.

Das Frühjahr nahte, und erneut plante sie, an Turnieren teilzunehmen, da Rialto mit dem Jahreswechsel als Vierjähriger eingestuft wurde. Doch unter dem Sattel erschien er ihr immer wieder zu matt für sein Alter. Sie wollte sichergehen, dass er nur einen kräftigen Tritt in den Hintern brauchte, und ließ ihm vorsichtshalber Blut abnehmen.

Der Tag bildete den Anfang einer langen neuen Episode mit der Veterinärmedizin. Befunde gab es reichlich, angefangen von einem nicht feststellbaren Eisenwert im Blut, der die roten Blutkörperchen beeinflusste und auch bei erneutem Test nicht feststellbar war. Würmer hatte Rialto auch. Wie sagten Tierärzte so gern: Ihr Pferd ist nie allein.

Also begann wieder einmal die übliche Prozedur mit Futterzusatzmitteln, Wurmkuren und so weiter. Schlimm schien dies nicht zu sein, und der Tierarzt vermutete, der Wurmbefall sei schuld daran, dass die Blutwerte so schlecht waren. Also mal keine Panik, sagte er, und eine Nachuntersuchung sollte in vier Wochen folgen.

Rialto hatte also Trainingspause, und in diesen wenigen Wochen schrieb sie ihre Zwischenprüfung in der Ausbildung zur Tierarzthelferin. Es ärgerte sie schon, dass sie im Grunde ein ganzes Jahr in ihrem Leben verschenkt hatte, als sie die elfte Schulklasse wegen allgemeiner Unlust abgebrochen hatte. Da die Berufsschule so nebenbei lief und alles gut war im Betrieb, stellte ihre Chefin einen Antrag auf Lehrverkürzung aufgrund guter Leistung für ein Jahr ohne Abitur. Das schmeichelte ihr schon, doch sie glaubte nicht, dass dem Antrag stattgegeben werden würde.

Wunder geschehen immer wieder – der Antrag wurde bewilligt, und sie erfuhr, dass sie zur Abschlussprüfung in etwa acht Wochen zugelassen war. Im ersten Moment überkam sie leichte Panik. Was tun, sprach Zeus, weiter reiten wie bisher oder lernen wie verrückt, denn man hatte ja das dritte Schuljahr nie besucht? Die Entscheidung traf sich sozusagen von selbst: weiter reiten.

Tücken hatte diese vorzeitige Prüfung jedoch auch. Wenn sie bestehen sollte, wäre sie sofort arbeitslos, denn sie wusste, dass sie nicht übernommen werden konnte. Zukunftsängste, etwas völlig Neues, traten auf, und sie begann sich zu fragen, was für Fähigkeiten sie noch im Leben besäße. Außer reiten: nichts.

Kurzerhand meldete sie sich zum Vorreiten für einen Reitwartlehrgang an. Wenn man diesen erfolgreich absolvierte, konnte man als Reitlehrer mit Lizenz tätig sein.

Rialto dümpelte in dieser Zeit vor sich hin, ging viel ins Gelände und warf sie sogar einmal ab. Er hatte sich erschrocken, als das kleine Shetlandpony aus seiner Hütte hervorschoss, wie immer, wenn andere Pferde vorbeikamen. Nur hatte der Riese den unter Strom stehenden Schafszaun in der Nähe nicht registriert und einen ordentlichen Stromschlag abgekriegt. So bockte er los, und es gab kein Halten mehr. Das Pferd drehte eine große Runde und kam zitternd wieder zu seiner Reiterin zurück. Immerhin hatte es ein robustes Herz.

Einen Tag vor der schriftlichen Abschlussprüfung zur Tierarzthelferin fand das Vorreiten statt. Selbstbewusst wie so oft stieg sie morgens in ihr Auto und fuhr hin. Andere Menschen würden an solch einem Tag lernen. Ihre Arbeitgeberin wie auch ihre Eltern begannen sich Sorgen zu machen, ob sie eventuell langsam den Ernst des Lebens verlor. Doch sie ließen sie gewähren.

Als sie ankam, hatte sich bereits eine kleine Menschentraube gebildet, und nachdem sie sich im Büro angemeldet hatte, gesellte sie sich dazu. Unwohlsein überkam sie, so wie sie da stand in schwarzer Reithose, weißem Poloshirt und dunkelblauem Pullover – so unscheinbar. Im Gegensatz zu den anderen begleiteten sie weder Eltern noch Freund, noch Trainer. Und sie hörte tolle Dinge aus den Gesprächen heraus: Da ging es um eigene Höfe, Reitanlagen, Züchter.

Gut, dachte sie sich, der olympische Gedanke zählt. Dabeisein ist alles. Nun ging es in die Reithalle. Dort fanden die kurze Begrüßung und eine eigene Vorstellung statt. Sie hatte das ernüchterndste Argument vorzubringen: Es gebe eben viele Anfänger dort, wo sie herkam, und die würden gerne erschwinglichen Unterricht bekommen.

Das ihr zugeteilte Pferd war bereits in der Gruppe zuvor gelaufen, ein dunkler Hengst mit hochgerecktem Kopf. Das konnte ja heiter werden. Dann stieg sie auf und wusste vom ersten Moment an: Das war ihr Pferd und ihr Tag!

Sie und das Pferd harmonierten perfekt zusammen, der Hengst lief eine souveräne Dressur, und noch niemals zuvor hatte sie derart sicher ein fremdes Pferd an einen Sprung herangeritten wie ihn. Nun unterrichtete sie noch eine Weile und fuhr dann nach Hause.

Ja, sie war selten zufrieden mit ihren Leistungen, doch an diesem Tag war es nicht mehr steigerungsfähig. Die Absage oder eben Zusage würde in etwa einer Woche per Post kommen. Dafür, dass sie seit Monaten nicht mehr gesprungen war, war es nicht schlecht gelaufen. Die Risikoabschlussprüfung folgte am kommenden Tag. Nun hieß es auf die Ergebnisse warten.

Es war ein Dienstag, als sie von der Berufsschule aus zu Hause anrief, ob denn der Brief gekommen sei. Ihre Mutter teilte ihr mit, dass sie für den Reitwartlehrgang angenommen worden war, von 30 Teilnehmern war sie unter den letzten 13. Dieser Brief bedeutete der jungen Frau mehr als der eigentliche Kurs. Sie sah sich trotz all der Rückschläge in ihrer Reiterei bestätigt, nicht auf den falschen Weg geraten zu sein.

Auch die Prüfung zur Tierarzthelferin bestand sie, zwar nur mit der Note drei, jedoch ein Jahr früher, und das ohne Abitur. Ihre Chefin war so nett, sie weiterhin halbtags zu beschäftigen, bis sie etwas Neues gefunden hatte.

Eine Bekannte aus dem Reitstall verschaffte ihr ein Vorstellungsgespräch in einem Institut für Sera und Impfstoffe. Das war zwar ein Bürojob, doch besser als gar nichts. Das Gespräch lief gut, bis der eventuell zukünftige Chef über ihr Alter stolperte. Sie war zu jung, und das Gespräch rasch beendet.

Davon ließ sich die junge Frau nicht entmutigen und suchte weiter, bis in der folgenden Woche erneut ein Anruf kam. Sie sollte doch bitte noch einmal im Institut vorbeikommen.

Innerlich gewappnet ging sie zum zweiten Mal hin. Den anstehenden Reitwartlehrgang würde sie auf keinen Fall sausen lassen, der bei einer Anstellung genau in die Probezeit fiele.

Alles lief gut, bis das Thema Lehrgang kam.

»Ja, würden Sie wegen dieses Lehrgangs eine Festanstellung absagen?«, fragte die Frau vom Personalrat ungläubig.

»Ja. Ich hätte es ja auch verschweigen und dann eine Krankmeldung vortäuschen können«, entgegnete sie stur.

»Drei Wochen unbezahlter Sonderurlaub, und die Probezeit verlängert sich um diese drei Wochen, einverstanden?«, schlug die Dame vor.

Da hatte sie aber mehr Glück als Verstand gehabt. Aber es war auch mutig von ihr gewesen, mit ihren neunzehn Jahren so selbstbewusst aufzutreten. Sie hatte alles auf eine Karte gesetzt und gesiegt.

Rialto aber wurde immer schlechter, schlapper, ließ mehr und mehr den Kopf hängen, und seine Blutwerte besserten sich auch nicht. Die vagen Vermutungen reichten inzwischen von Tumoren im Bauchraum bis zu Blutkrebs und allerlei anderem, ohne dass eine zuverlässige Diagnose gestellt werden konnte. In drei Wochen wollte sie ihn trotzdem zum Lehrgang mitnehmen. Er konnte außerhalb der Lehrgangszeiten bewegt werden.

Ein Abschied stand an, der ihr dann doch schwerfiel: von der Kleintierpraxis in Sossenheim. Sie hatte gern dort gearbeitet, auch wenn die Kundenwünsche manchmal etwas extravagant waren und nicht immer erfüllt wurden, wie zum Beispiel Pitbulls die Schneidezähne zu vergolden. Sie war immer gern in diesem Familienbetrieb gewesen, doch der konnte sie aus finanziellen Gründen nicht übernehmen.

Es folgte der Neuanfang im Institut, einem großen Gebäudekomplex mit rund 500 Angestellten, von der Poststelle bis hin zu renommierten Professoren, die zum Teil fast 24 Stunden dort verbrachten und über ihren Forschungen hingen. Es war anders, aber nicht schlecht. Sie musste die eingesendeten zu prüfenden Produkte in Empfang nehmen, deren Chargen dann freigegeben werden sollten. Diese mussten zur Testung an das entsprechende Fachgebiet weitergeleitet werden, Ergebnisse mussten zusammengetragen und die Rückstellmuster aufbewahrt werden. Man traf auf sehr viele unterschiedliche Menschen, was neu für sie war und ihr gut gefiel. Die Arbeitszeiten waren auch sehr komfortabel – die Wochenenden waren frei, und sie konnte pünktlich zum Stall.

Zwei Wochen vor dem Lehrgang bildete sich rechts an Rialtos Schlauch ein walnussgroßer Knoten. Der Tierarzt schenkte ihm keine große Beachtung. Sie sollte eine Salbe daraufschmieren. Dann aber schwoll der rechte Innenschenkel von Rialtos Hinterbein an, und Eiter begann aus der Geschwulst zu tropfen. Rialto hatte eine Samenstrangfistel. Im Grunde konnte so etwas bei einer Kastration immer passieren, auch wenn der Tierarzt sauber gearbeitet hatte. Und wann Rialto kastriert worden war, war nicht bekannt. Gut, die eindeutige Diagnose war nun gestellt, und es war in gewisser Weise beruhigend, endlich die Ursache gefunden zu haben. Doch um das Problem zu lösen, wäre eine Operation nötig gewesen. Davor hatte sie Angst, denn sie dachte sofort an die Narkose beim alten Pay. Zuerst wollten die beiden jedenfalls auf den Lehrgang fahren. Eile war nicht geboten. Auf ging es in das nächste Abenteuer Reitwartlehrgang.

Sie ahnte, dass ihr drei stressige Wochen bevorstanden: kaum Zeit für Rialto, todmüde ins Bett fallen, fix und fertig, weil man sich nicht all den theoretischen Stoff einprügeln konnte. Von dem Kurs wurde sie bitter enttäuscht. Die Pferde waren der Belastung nicht gewachsen und fielen aus gesundheitlichen Gründen der Reihe nach aus. Immer mehr Reiter teilten sich die Pferde, und gegen Ende des Kurses wurden die Pferde knapp.

Parallel dazu fand ein Fahrlehrgang statt, und sie lernte einen Tierarzt kennen, der sich auf Einrenken spezialisiert hatte und zugleich Hufschmied war. Also, vom Einrenken hielt sie erst einmal gar nichts. Sie konnte sich nicht vorstellen, dass man ein Pferd angesichts seiner Körpermasse einfach einrenken konnte. Sie sprach den Tierarzt jedoch auf Rialto an, denn sie hatte den Verdacht, dass die Samenstrangfistel in den Bauchraum vordringen würde. Der Arzt bestätigte, dass die Wahrscheinlichkeit dafür hoch sei.

Ja, sie wusste, was dies bedeuten konnte: dass man nämlich nicht einfach durch die alte Kastrationsstelle bzw. den Leistenspalt, sondern durch den Bauch gehen müsste, um die Fistel entfernen zu können.

Endlich kam der Tag der Prüfung. Es war noch dunkel, als sie an diesem Morgen von den Internatsräumen zu den Stallungen gingen, um die Pferde zu versorgen. Es begann mit Springen, dann folgten Dressur und Longieren und zum Schluss die Theorie. Die schriftliche Arbeit hatten sie bereits vor einigen Tagen geschrieben. Ihr Springpferd hatte noch zwei Tage zuvor eine schwere Kolik gehabt, wurde jedoch trotzdem eingesetzt, denn es war kein Ersatz mehr da. Dann passierte es beim Abreiten: Das Pferd hatte bereits einen Schüler durch den Parcours getragen und verweigerte nun. In all den Wochen hatte dieses Pferd nicht einen Sprung verweigert. Sie hatte ein ernstes Problem, denn ihrer Meinung nach bockte das Pferd, weil es ihm nicht gut ging, und nicht aus Boshaftigkeit. Was tun? Aufhören – die Ausbilder würden sie auslachen – oder weiter reiten?

Zum ersten und zum Glück bisher auch letzten Mal entschied sie sich gegen das Pferd und ritt weiter. Am letzten Sprung half nur noch die erhobene Hand des Ausbilders, sonst hätte das Pferd wieder verweigert. Wütend und innerlich überfordert übergab sie das Pferd an die nachfolgende Reiterin, die ihm erst einmal den Hintern versohlte. Zu Unrecht.

So absolvierte sie schlecht gelaunt den restlichen Teil der Prüfung, doch am Ende hatten alle bestanden. Große Reden folgten, wie gut doch die Pferde und die Teilnehmer vorbereitet gewesen seien, und so weiter.

Als sie dann hastig ihren Koffer in ihren alten Mitsubishi warf und nach Hause fuhr – Rialto hatten ihre Eltern bereits abgeholt –, rannen ihr Tränen der Enttäuschung übers Gesicht. Diesen Tag hatte sie sich weiß Gott anders vorgestellt. Als das Zertifikat kam, ließ sie den Umschlag erst einmal liegen. Als sie ihn einige Wochen später öffnete, sah sie hinein und legte ihn gleich wieder zur Seite, so sehr schämte sie sich für ihre Leistungen.

Ihr Umfeld jedoch sah sie jedoch mit dieser bestandenen Prüfung als einen offenbar über Nacht besser gewordenen Menschen, und man wollte auf einmal, dass sie viele Pferde mitritt. Wie einfach waren Menschen doch von so einem Stück Papier zu blenden. Immer wieder erstaunlich.

Im heimischen Stall in Götzenhain wurde alles vermehrt auf Andalusier umgestellt. Rialto konnte jetzt auch nicht mehr auf die Weide, da der Winter vor der Tür stand, er aber eigentlich mit seinen vier Jahren noch ein Baby war.

So zogen sie um in einen kleinen Stall nach Dietzenbach. Dort gab es für ihn die Möglichkeit, jeden Tag ins Freie zu kommen. Reitplatz und Reithalle waren vorhanden, die zweite Halle bereits im Rohbau. Außerdem hatte die junge Frau Möglichkeiten zu unterrichten.

Rialto musste bald operiert werden, doch sie hatte große Angst. Angst, ihn für immer verlieren zu müssen, denn wenn man die Fistel aufgrund Verwachsungen oder sonstiger Komplikationen nicht vollständig entfernen konnte, sollte der Große aus der Narkose nicht mehr aufwachen.

Immer ließ Rialto sich ohne jegliche Probleme verladen, nur nicht an dem Tag, als es zur Klinik ging. Dort wog man das Risiko ab: Die Fistel reiche nicht in den Bauchraum hoch, und am morgigen Montag werde man Rialto operieren. Aufgeregt rief die junge Frau gegen Mittag in der Klinik an. Man hatte ihn nicht operiert, denn es ging ihm zu schlecht. Das lag an einem Kommunikationsfehler zwischen Haustierarzt und Klinik, denn der schlechte Eisenwert war ja leider nicht zu therapieren. Gut, das Problem wurde gelöst, ein erhöhtes Narkoserisiko wurde besprochen. Dienstag sollte die OP stattfinden. Erneuter Anruf – der Tierarzt sei erkrankt. Am Mittwoch sah man allerdings den kranken Tierarzt seine Pferde in der dortigen Reithalle reiten. Sie protestierte energisch, sodass Rialto am folgenden Tag endlich operiert wurde.

Doch als sie abends gegen fünf Uhr kam, lag ihr Pferd noch immer im OP. Man versuchte ihr klarzumachen, dass es noch dauern würde. Sie solle doch nach Hause fahren. Aber sie wartete eisern, bis Rialto aus dem OP kam. Ihr Pferd war am ganzen Körper völlig mit Blut verschmiert. Sie fragte den Tierarzt, wie es denn gelaufen sei. Seine Worte würde sie niemals vergessen:

»Stellen Sie sich vor, die Fistel ging in den Bauchraum hoch.«

»Haben Sie diese vollständig entfernen können?«

»Ich weiß es nicht.«

Diese Antwort war wie ein Schlag ins Gesicht. Ein bisschen schwanger gab es schließlich auch nicht.

Rialto war völlig geschafft von der OP. Vom Typ her war er eben kein Kämpfer, so wie Pay einer gewesen war. Sie streichelte ihn und fuhr nach Hause. Ihre Gemütslage war wie die eines Harlekins – ein lachendes und ein weinendes Auge. Lachend für »er lebt«, weinend für »die Fistel kommt vielleicht wieder«.

Der Tag nach der OP, ein Freitag. Das Umfeld um die Wunde war deutlich angeschwollen, was zu erwarten war. Sie durfte Rialto ein wenig führen, doch im Grunde wollte er es nicht und war völlig abwesend. Nur fressen wollte er noch, und so lief sie zum Auto, um einige Möhren zu holen. Doch als sie zurückkam, war er kollabiert, lag am Boden und schlug seinen Kopf immer wieder auf den Betonboden. Aus der Operationswunde drang ein hellroter kleiner Strahl – arterielles Blut. In der Klinik war niemand, doch zum Glück traf sie auf einen Menschen mit Handy, der den Assistenten verständigte. Der traf endlich nach zwanzig Minuten ein.

Der Tierarzt checkte Rialtos Blutwerte und wollte ihn erneut narkotisieren, doch sie lehnte ab. Die Werte waren so schlecht, dass die Wahrscheinlichkeit, dass dieses Pferd wieder wach werden würde, gegen null ging. So setzte der Tierarzt ihm in die linke, dreckverschmierte Halsvene eine Braunüle, und Rialto bekam alles Mögliche injiziert und kam an die Infusion. Die Blutung kam dann zum Stoppen. Voll gedröhnt wie ein Junkie stand er da, angebunden, und bekam von all dem nicht mehr viel mit. Sie blieb die Nacht bei ihm und entschuldigte sich bei ihrer Mutter, denn diese hatte an diesem Tag Geburtstag. Bis zum Morgen war Rialto stabil, und sie fuhr für einige Stunden nach Hause.

Als sie dann am späten Nachmittag wieder in der Klinik ankam, sprachen seine Augen eine eindeutige Sprache: Rialto wollte nicht mehr unter ihnen verweilen. Es mag für Außenstehende sehr albern klingen, doch wer viel mit Tieren jeglicher Art zu tun hat, weiß, wovon ich hier schreibe.

Sie war in all dem Trubel bisher sehr emotionslos, weinte nicht, nahm alles so hin, wie es eben war.

Rialto war den Samstag über stabil, auch den Sonntagmorgen. Am Nachmittag bekam er Koliken, und erneut war kein Tierarzt in der Nähe. Wieder vollgepumpt hing er da am Strick. Hilflos stand sie bei ihm und streichelte lange sein blutverschmiertes Fell.

Am Montag war Rialtos Zustand unverändert, nur dass er nicht fraß.

Dienstag war der erste Tag, an dem sie die Fassung verlor. Als sie Rialto sah, musste sie weinen. Aus seiner linken Halsvene wie auch aus der Operationswunde lief dickflüssiger Eiter. Das Pferd lebte zwar noch, vegetierte aber eher vor sich hin.

Wieder einigermaßen gefasst, wollte sie den Tierarzt sprechen, der angeblich keine Zeit hatte. Aber sie wartete hartnäckig. Auch dieses Gespräch vergaß sie nicht so schnell. Wie er sich da so lässig ihr gegenüber hinter den Schreibtisch schwang.

»Ja, also, Ihr Pferd hat Bakterien im Blut, die sich an der Einstichstelle am Hals festgesetzt haben, und deswegen eitert es jetzt.«

Schweigend sah sie ihn an.

»Sie glauben mir nicht, oder?«

»Nein, denn ich habe es anders gelernt. Dass man die Stelle erst rasiert, dann desinfiziert und dann die Braunüle setzt und diese auch umsetzt und nicht so lange verweilen lässt, es sei denn, man legt eine Verweilbraunüle. Und die Keime oder Bakterien müssen Sie ja erst mal anzüchten.«

Dumm gelaufen. Der Mann hatte nicht gewusst, dass da jemand saß, der sich mit der Sache auskannte.

»Wie bekommt er sein Antibiotikum?«

»Übers Futter.«

»Mein Pferd frisst aber seit gestern nicht mehr, das liegt alles im Trog.«

Gut, es war ein Versuch, doch der Mann war nicht dumm und lenkte ein. Sollte sich Rialtos Zustand nicht verschlechtern, wollte sie ihn am Freitag abholen und zu Hause pflegen, auch wenn es seine letzten Tage sein sollten. Der Tierarzt sagte auch, er könne nichts mehr für ihn tun.

Freitagmorgen rief sie kurz an. Rialto ging es unverändert, und sie wollte ihn holen. Der Assistent leistete sich dann noch einige Ausfälle am Telefon und beschimpfte sie, obwohl der Chef sein Okay gegeben hatte. Er warf ihr vor, es sei unverantwortlich, dass sie das Pferd abholte, nicht weil es ihm schlecht ging, sondern weil dann die Leute im Stall sehen würden, dass es dem Pferd jetzt schlechter gehe als vorher. Seine Imagesorgen möchte man in solch einem Moment nicht haben …

Im heimischen Stall legte sich Rialto erst einmal hin. Keiner wusste, ob er wieder aufstehen würde, doch er tat es.

Am Samstagmorgen kam das Haustierarztteam, bestehend aus Vater und Sohn, um ihn zu sehen. Dass sie Rialtos jämmerlicher Anblick erschütterte, war nicht zu übersehen. Da stand ein vollkommen anderes Pferd, nicht freundlich und interessiert wie noch vor einer Woche, sondern völlig apathisch, mit stumpfem Fell und hängendem Kopf. Der Riese reagierte nicht, wenn man ihn ansprach oder gar seine Box betrat. Sein Herz schlug noch, das war alles.

Der Eiter lief noch einige Tage aus dem Hals und der OP-Wunde. Tag für Tag kam der Tierarzt, und sie pflegte Rialto, so gut es möglich war. Wenn man sie genau beobachtete, war es eigentlich verwunderlich, denn man sah sie nie weinen. Sie war am Ende ihrer Hoffnung und glich eher dem Pferd, welches sich seinem Schicksal mehr oder weniger kampflos geschlagen gab.

Die Kosten explodierten schier, und sie begann zu arbeiten wie der Teufel. Neben dem Bürojob begann sie zu misten, zu unterrichten und zu bereiten, egal was kam: Galopper von der Rennbahn, Tinker, alles, was Geld brachte, denn das war bitter nötig. Auch zu Hause bewahrte sie stets die Fassung, obwohl die Tortur über Monate weiterging. War der Eiter verschwunden, lahmte Rialto auf einem Vorderbein, ohne jeglichen sichtbaren Grund. Dann bildete sich erneut eine Schwellung am Schlauch, doch der Tierarzt beruhigte die junge Frau. Es sei nur Narbengewebe.

Der Jahreswechsel kam, und sie hatte nur einen Wunsch: ein gesundes Pferd besitzen zu dürfen. Irgendwie war es fast so wie bei dem alten Pay, eher noch schlimmer, weil Rialto sich so hängen ließ und nicht kämpfte.

Dann folgte eine Mischung aus Ataxie und Dummkoller. Das Pferd taumelte schier aus der Box, konnte nicht mehr geradeaus gehen, schwankte in der Box. Die Blutproben, welche weiteren Aufschluss geben sollten, gingen in der Post kaputt und mussten wiederholt werden. Nach einer Injektion bekam Rialto eine allergische Reaktion, überall Pusteln am Körper, und musste ein Gegenmittel injiziert bekommen. An diesem Tag schien der Haustierarzt zum ersten Mal entnervt zu sein, weil er andeutete, es wäre vielleicht besser, ihn nun doch gehen zu lassen. Ohne eindeutige Diagnose jedoch tat sie sich schwer.

Im Institut ging sie jedem auf die Nerven, der ihr eventuell hätte weiterhelfen können, und bekam dann eine Telefonnummer von einem Tierarzt aus Berlin, der sich mit Ataxie auskannte.

Dieser Arzt sprach am Telefon das aus, was sich keiner direkt getraut hatte, vermutlich aus Rücksicht ihren Gefühlen gegenüber. Er riet ihr, es mit hoch dosiertem Vitamin B zu probieren. Sollte es Rialto innerhalb von drei Tagen nicht besser gehen, riet der Arzt ihr, ihn zu erlösen, da sein Eisenwert zwar etwas besser, aber noch immer schlecht war.

Sie kämpfte mit sich oder eher mit der Schulmedizin. Sollte einfaches Vitamin B wirklich besser sein als Entzündungshemmer?

Zu verlieren gab es nichts, und sie befolgte den Rat des fremden Arztes aus Berlin. Und tatsächlich, Rialto ging es nach drei Tagen deutlich besser. Der Haustierarzt lachte sie aus, doch es zählte nur, dass es dem Pferd gut ging.

Nun hatte das große Pferd seinen Kampf der letzten fünf Monate scheinbar doch gewonnen. Langsam kam er ins Training zurück und trug brav Anfänger durch die Gegend. Das war nicht weiter anstrengend, und er tat es mit Bravour. Sie hingegen war noch immer ziemlich emotionslos. Eine Schülerin wollte ihn gar kaufen, doch sie hatte Angst, er könnte einen Rückfall erleiden, und verkaufte nicht.

Am 27. März kam der große Tag, die Abschlussuntersuchung. Rialto sei völlig geheilt, hieß es. Wie ein kleines Wunder schien es, dass sich dieses Pferd nun doch noch aufgerappelt hatte und wirklich als gesund galt. Wunder geschehen. Die Blutwerte waren noch nicht in der Norm, aber besser als vorher. Dieses Elend hatte nun ein Ende …

Am Ostermontag wollte sie nun endlich einmal Filmaufnahmen von Rialto unter dem Sattel machen. Doch aus unerklärlichen Gründen brachte sie ihn an diesem Morgen erst auf den Paddock. Immer, wirklich immer, wenn es die Pferde erlaubten, ritt sie ihre eigenen zuerst – bis zu diesem Tag.

Am frühen Nachmittag waren die Berittpferde versorgt, und sie sammelte Rialto auf dem Paddock ein. Die Sonne stand hoch, keine Wolke war zu sehen – optimal für den geplanten Videofilm. Als sie das Pferd am Putzplatz vor den Außenboxen angebunden hatte – das war sein Lieblingsplatz, von dem aus er vieles überblicken konnte –, wedelte er auffällig mit dem Schweif. Sie neigte sich unter seinen Bauch und begann zu weinen. Eiter floss aus der OP-Wunde, dicker, zäher Eiter. Sie legte ihre Arme um Rialtos Hals und weinte bloß. Was dies bedeutete, war klar. Die Fistel hatte fünf Monate benötigt, um erneut durchzubrechen.

An diesem Tag ließ sie Rialto nur grasen, reiten wollte sie ihn nicht mehr. Am Abend schickte sie dem Tierarzt ein Fax mit der Bitte, doch am folgenden Tag vorbeizukommen, da die Fistel wieder da sei. Im Grunde wäre dieser Besuch nicht nötig gewesen, doch sie brauchte ihn für ihr Gewissen.

Der Sohn kam, stellte seine Tasche ab, öffnete sie gar nicht erst, sah unter Rialtos Bauch und sagte: »Sie haben recht.«

Dann wandte er sich dem Pferd zu, streichelte es und sagte zu ihm: »Es tut mir leid.«

Sie hatten schon einmal darüber gesprochen, dass sie ihn

durch einen Bolzenschuss töten lassen wollte, wenn es so weit sei. Und so rief sie den Abdecker an.

Der wollte um halb vier kommen und seinen traurigen Job erledigen. Bis dahin putzte sie Rialto und stopfte ihn mit Leckerlis voll, auch wenn es sinnlos war. Zu sagen hatte sie ihm nichts mehr, es war bereits alles gesagt, und weitere Torturen wollte sie ihm einfach ersparen. Das war auch im Sinne des Tierarztes.

Der Abdecker kam, besprach kurz den Ablauf und lenkte sein Fahrzeug in die optimale Position. Sie führte Rialto zum Misthaufen, während der Mann seinen Bolzenschussapparat lud. Dann nahm er ihr das Pferd ab, legte den Apparat an, Rialto legte einmal die Ohren an, stellte sie wieder nach vorne, und ein dumpfer Knall drang durch die Luft.

Rialto lag mit demselben Gesichtsausdruck vor ihr am Boden, wie er noch kurz zuvor dagestanden hatte. Nein, er hatte nichts mitbekommen.

So vieles hatte er über sich ergehen lassen. Wenigstens diesen letzten Weg ging er ohne Komplikationen.

Der 1. April 1998, 15.30 Uhr, Rialto war tot. Die Sonne schien, der Himmel war strahlend blau, und es hatte ein Ende.

Zum ersten Mal nach sieben Jahren hatte sie kein eigenes Pferd mehr. Wenn da nicht die Reitschüler und Berittpferde gewesen wären, wäre sie aus der Reiterszene ausgestiegen. Sie legte sich, soweit möglich, diese Termine an diesen Tagen so zusammen, dass sie auch mal nicht in den Stall musste, und fuhr dann mit ihrem Fahrrad durch den Sprendlinger Wald. Sie zog sich zurück, so weit es ging – nach außen immer noch emotionslos nach dem Motto, das Leben geht weiter, aber innerlich am Boden zerstört.

Es war nicht nur ein Pferd, welches gestorben war. Die Pferde, der Reitsport, das war ihr Lebensinhalt, der langsam zu bröckeln begann. Stundenlang lag sie auf ihrem Bett, sah den Wolken im Wintergarten nach und machte sich Gedanken über ihr Leben, auch ob es den alten Pay denn noch gab.

Wie ein Tagedieb vertrieb sie sich die Zeit, ging nicht aus, tat keine Dinge, für die sie ja jetzt Zeit gehabt hätte, sondern verkroch sich. Gerade jetzt, als sich auch noch die Chance zum Sponsoring eröffnet und sie bereits einen nagelneuen Zwei-Pferde-Anhänger bekommen hatte, verließ sie der Mut. Fast fünfzehntausend Mark hatte Rialto in den fünf Monaten allein an Tierarztkosten verschlungen, und niemandem blieb sie auch nur einen Pfennig schuldig.

Im Grunde hatte sie gar nicht das Recht, traurig zu sein. Sie hatte ein Dach über dem Kopf, einen guten und sicheren Job, ein eigenes Auto und dennoch diese Leere …

Nach zwei Monaten wusste sie, dass es nur noch ganz oder gar nicht gehen würde: zurück in die Reiterei oder aufhören. Und da noch einige Lebenszeit vor ihr lag, begann sie mit der Suche nach einem neuen Pferd.

Durch die Schwierigkeiten mit Rialto aber hatte sie ihren Kampfgeist verloren und suchte erst einmal nach einem Pferd, welches sich für den Schulbetrieb eignete und mit dem sie etwas Freude haben konnte. Über Turnierreiten dachte sie nicht nach.

So kam der kleine Teufel in ihr Leben, First Touch, ein vierjähriger Rapphengst, Vollblüter von der Galopprennbahn aus Niederrad. Wegen eines alten Sehnenschadens und weil er zu langsam war, hatte man das Pferd ausgemustert. Der Kauf wurde über eine Freundin abgewickelt, und teuer war es auch nicht.

Im heimischen Stall in Dietzenbach am Fuße des Hexenberges war Rialtos Box bereits wieder belegt, und sie musste ans andere Ende des Ortes ausweichen, bis die neuen Boxen fertiggestellt waren.

Am ersten Tag trat der Teufel sie erst einmal so unglücklich an den Oberschenkel, dass sie zum Arzt musste. Eigentlich hatte er nach seinem Nachbarpferd ausgetreten, doch sie stand ungünstig oder eben dumm wie ein Anfänger im Weg.

Das Bein heilte etwas schleppend. Wegen der Infektionsgefahr am Arbeitsplatz wurde sie für eine Woche krankgeschrieben und humpelte durch die Gegend. Ja, man konnte sagen, das neue Pferd hatte ihr seinen first touch verpasst.

Im Verhalten war er sehr hengstig, und man stellte ihn im Stall einige Male um, weil er sich so gar nicht benahm. Die Umstellung von der Rennbahn fiel ihm sichtlich schwer. Dort war der Tagesablauf akribisch geplant gewesen, und hier war es nun vollkommen anders.

Wie so oft folgte auch an dieser Stelle wieder das Gerede. Alle hätten ja gewusst, dass sie sich wieder ein Pferd zulegen würde …

Nachdem sie wieder genesen war, folgten schon bald viele Ausritte. Lange und gemütlich gingen die beiden in den Wald und auch mal auf den Platz oder in die Halle. Bis auf das stürmische Angaloppieren war First Touch leicht zu reiten und unter dem Sattel nicht hengstig. Sie genoss die Ausritte in den Wald, welche sie eigentlich mit Rialto hatte machen wollen. Der kleine Hengst schien schier aufzublühen und benahm sich auf der Weide wie ein Fohlen. Es war schön mit anzusehen, wie viel Freude ihm das bereitete. Auf Dauer wollte sie ihn kastrieren lassen, vor allem für den Schulbetrieb. Doch aus Angst vor einer Fistel war sie nervlich noch nicht bereit dazu.

Fast genau sechs Wochen später wurde aus dem Teufel ein Lamm. Der im Umgang so stürmische Hengst wieherte nicht mehr nach den vorbeilaufenden Pferden, und auch unter dem Sattel wurde er deutlich matter.

Sie sprach ihren bewährten Haustierarzt darauf an, der aber nachdrücklich die Auffassung vertrat, dass alles in Ordnung sei. Sie kannten sich schon so viele Jahre, und er hatte ja auch Rialtos Leid voll mitbekommen. Sie solle doch bitte nichts in das Verhalten des Pferdes hineininterpretieren.

Sie überlegte, ob es nun schon so weit gekommen war mit ihr, dass sie sich Erkrankungen einbildete. Sicher war sie sich nicht mehr …

Doch als Touch sich dann in der Reithalle unter dem Sattel einfach so hinlegte, rief sie den Tierarzt und bestand auf einer Blutuntersuchung. Zähneknirschend und schlecht gelaunt erschien er auf der Bildfläche und wiederholte seine bereits geäußerte Meinung. Außer einem leicht erhöhten CK (Muskelwert) war alles gut, und so ließ der Arzt eben ein paar Dinge wie Vitamine und auch pflanzliche Herztropfen da. In vier Wochen wollte er Touch erneut Blut abnehmen. Es lag eine gewisse Spannung zwischen den beiden in der Luft, zum ersten Mal.

Niemandem, aber wirklich keinem erzählte sie von diesem Leistungsabfall ihres neuen Pferdes, aus Angst davor, dass man sie wirklich für verrückt halten könnte. Jeder bekam die Antwort, alles sei bestens, die neuen Boxen im anderen Stall seien fast fertig, und eine sei für Touch reserviert. Ähnlich wie damals mit Rialto ritt sie mit ihm gemütlich ins Gelände und arbeitete ihn so, wie er sich anbot.

Nach drei Wochen unveränderter Trägheit aber riss ihr der Geduldsfaden, und sie vereinbarte einen Termin zur Herzultraschalluntersuchung in einer Pferdeklinik. Der Haustierarzt wollte den Hengst zuvor jedoch noch einmal sehen, und es ging im Streit auseinander. Er sprach klar, deutlich und etwas lauter aus, was er dachte.

»Wenn du keine Lust mehr auf das Pferd hast, dann verschenke es eben, aber dichte ihm keine Krankheit an. Der ist doch schon viel fitter!« Dann stieg er in seinen silberfarbenen Mercedes und brauste vom Hof. Er meinte es gut und wollte eigentlich nur helfen, weil er der Ansicht war, das Problem bestehe nur in ihrem Kopf.

Montag war der Tag vor der Untersuchung. Sie räumte ihren Spind im Stall aus, so sicher war sie sich, dass Touch nicht wiederkommen würde. Noch immer sprach sie zu keinem ernsthaft ein Wort, auch zu Hause erwähnte sie nur etwas von einer Kontrolluntersuchung des Pferdes.

Dienstag, der 26. August 1998: Sie fuhr zur Untersuchung nach Karben. Das EKG-Papier war leer, und der extra hinzugezogene Tierarzt steckte im Stau. Alles kein Problem. Die Assistentin schallte vorab einmal das Herz des Pferdes und konnte keine Erkrankung feststellen. War sie nun doch verrückt geworden und sollte sich in Therapie begeben?

Dann kam der Tierarzt und schallte Touchs Herz.

»Das sieht nicht gut aus. Kommen Sie mal her.« Diese Worte vergisst man nicht so schnell. Die Mitralklappe des Pferdes wehte wie eine Fahne im Wind und hatte jegliche Schließfunktion verloren. Ja, sie wusste, was das bedeutete, doch wollte sie es nicht sofort wahrhaben. Man fragte sie, ob sie mit Hänger oder LKW da sei, und da sie mit dem Hänger gekommen war und Touch nicht mehr lange leben würde, stand fest, dass er dort bleiben würde – für immer.

Die junge Frau führte ihn in die Gummibox, und kaum hatte Touch seine letzte Injektion erhalten, fiel er um und war tot. Sie streichelte ihn, nahm ihm sein Halfter ab und bedankte sich bei dem Tierarzt. Ein Attest wollte sie noch haben, damit man ihr auch Glauben schenkte, was Touch wirklich gehabt hatte.

Nun waren beide Nachfolger von Pay tot. Auch dieser hatte im Grunde wieder viel Geld gekostet. Sie fühlte sich jedoch nicht ganz so schlecht, denn er war noch nicht so lange in ihrem Besitz, und sie sah es aus einer anderen Perspektive. Durch sie hatte der kleine Hengst nach seiner Rennbahnkarriere noch einmal Pferd sein dürfen, bevor sein Leben ein Ende fand.

Am folgenden Tag rief sie den Haustierarzt an und teilte ihm mit, dass Touch habe getötet werden müssen. Der Befund werde per Post kommen.

Ihm fehlten die Worte. Dann fragte er: »Und wie soll es jetzt weitergehen?«

»Ich weiß es nicht, weiß es nicht.«

Weil beide die ganze Geschichte beider Pferde hautnah miterlebt hatten, wusste er, dass sie nicht weit von einem völligen Absturz entfernt war.

Schwierig war es auch, den Stallbesitzern zu sagen, dass auch Touch tot sei, für den eine Box gebaut wurde, und vor allem, weil sie seine Krankheit so lange verschwiegen hatte.

Eine Reaktion aus dem Stall machte sie sehr wütend. Da kam eine Mutter, deren Tochter ein Pferd besaß, auf sie zu und sagte eiskalt:

»Deiner ist ja jetzt tot. Jetzt hast du ja Zeit, unser Pferd zu reiten.« Sie lehnte kategorisch ab. Wie taktlos konnten Menschen, die sich für so unendlich intelligent hielten, eigentlich sein?

Zu all dem Übel hatte sie auch noch bald drei Wochen Urlaub und den Stallbesitzern versprochen, sich um den Stall zu kümmern, während diese in Urlaub fuhren. Diese Zusage musste sie einhalten.

Wie bereits nach Rialtos Tod radelte sie abends viel durch den Wald und begann langsam zu begreifen, was denn alles in den letzten Monaten so vor sich gegangen war. Emotional war sie noch immer sehr kalt, auch wenn sie allein war, als ob sie alles wie in Trance miterlebt hatte.

Im Kampf gegen sich selbst, den Verlust zu verarbeiten, fuhr sie an Orten vorbei, wo sie schon mit ihren Pferden gewesen war. Auf den Streifzügen ihrer Vergangenheit kam sie auch nach Gundernhausen zu dem Pferdehändler, wo sie Pay und Rialto gekauft hatte. Der Sohn zeigte ihr all seine Verkaufspferde, doch sie wollte nicht reiten. Sie war so unendlich müde von der Reiterei. Bis der Vater um die Ecke kam und das Unfassbare wahr machte.

»Sag mal, weißt du eigentlich, dass deiner wieder zum Verkauf steht?«

»Wie, meiner?«

»Ja, dein Pay.« Nein, der Mann war sich nicht bewusst, was für ein Gefühlschaos er in diesem Moment in ihr auslöste. Pay lebte!

»Die kamen doch nicht so gut mit dem klar und haben schon einen neuen woanders gekauft. Da habe ich ihnen wenig Geld geboten, da waren sie aber beleidigt.«

Wie ein frisch verliebter Teenager fuhr sie nach Hause und erzählte es ihrer Mutter. Pay lebte! Ihre Mutter, die eigentlich gegen jedes Pferd war und auch noch Angst vor diesen Tieren hatte, versprach ihr, dass sie das Pferd bezahlen würde. Sie war ja auch blank.

Ohne Voranmeldung fuhr sie am folgenden Tag zum Otzberg hoch und fand den Stall auf Anhieb wieder. Pays Namensschild hing noch an seiner Box, die jedoch leer war. Dann ging sie die Weiden ab, konnte ihn aber nicht finden, bis sie ein älterer Mann ansprach, ob er ihr helfen könne. Er brachte sie zu ihm.

Da stand er nach zwei Jahren vor ihr, ihr alter Pay! Gut sah er aus, war deutlich mehr Pferd geworden, fast schon dick. Sie durfte ihn auf dem Reitplatz laufen lassen, und sie spielten wie damals. Er kam im gestreckten Galopp auf sie zu, sie hob den Arm, und er drehte sich in der Luft.

Der Mann war der Großvater des Mädchens, dem Pay gehörte, und begann zu erzählen. Am Anfang war das Mädchen mit ihm sogar Vierte in einer E-Dressur gewesen, bis es dann bergab ging. Pay kam nicht mehr regelmäßig ins Freie, wurde »wild« und hatte mit seiner Besitzerin einen Reitunfall im Gelände. Seitdem stand er zum Verkauf, doch beim Probereiten hatte er einer Person den Arm gebrochen und einer weiteren einen Halswirbel angebrochen. Sie dachte innerlich nur: guter alter Pay. Zu verladen sei er auch nicht mehr, und nun musste er eben weg, wenn es sein sollte, ganz.

Nachdem sie ihn in den Stall gebracht hatte, fuhr sie zum Haus der Mutter des Mädchens. Die war sehr erstaunt über ihr Erscheinen und versuchte ihr klarzumachen, dass dieses Pferd lebensgefährlich sei. Die junge Frau bot ihr einen geringen Geldbetrag an. Schließlich gehörte das Geld nicht ihr. Die Mutter des Mädchens wollte noch am selben Tag Familienrat halten.

Gegen halb vier kam der Anruf. Sie konnte Pay am folgenden Tag abholen.

Morgens richtete sie seine Box her und fuhr los. Ihre Mutter fragte, ob sie mitfahren solle. Sie erwiderte bloß: »Mama, das ist Pay, da brauche ich keine Hilfe.«

Als sie am Hof angekommen waren, klärten sie rasch den finanziellen Teil, sie bekam die Papiere, und nun ging es ans Verladen. Einige Schaulustige hatten sich eingefunden und sahen schmunzelnd zu. Pay stand vor der Verladerampe, sie hatte ihn vorsichtshalber getrenst, und nach nicht einmal fünf Minuten ging er hinein. Doch die Leute waren so baff, dass sie die Rampe nicht schnell genug schlossen. Pay lief rückwärts, stieß sich den Kopf und galoppierte den Hang hinunter. Man fragte sie, ob sie ihn mit Futter einfangen wolle. Doch sie kannte ihn und sagte nur:

»Der kommt nicht für Futter. Wenn, dann aus Überzeugung.«

Pay graste am Wegrand. Langsam ging sie auf ihn zu, doch er entfernte sich immer wieder einige Meter von ihr. Nun wurde sie auch ein wenig nervös. Was sollte sie tun, wenn er jetzt nicht mehr hineinging?

Doch Pay ließ sie dann doch an sich heran. Sie lief mit ihm

den Hang wieder hinauf, führte ihn geradewegs in den Hänger, die Leute schlossen die Rampe, und alles war gut.

Eine Frau fragte sie, ob sie ihn denn schon als Fohlen bekommen hätte, so stark, wie er auf sie fixiert sei. Nein, es war eben einfach nur ihr Pferd, ihr Pay.

Lässig machten die beiden sich auf den Heimweg. Am Bahnübergang mussten sie etwas länger warten. Sie stieg aus und öffnete die große Hängertür. Pay sah friedlich heraus, weder gestresst noch geschwitzt. Es war eben so – sie fuhren nach Hause.

Es gibt Dinge, die kann man mit Vernunft nicht erklären,
Dinge, welche man im Leben tut, gegen jeden Verstand.
Doch man ist glücklich dabei, wenn es auch nur für einen
Moment sein sollte.

Zufall oder Schicksal,
Glück oder wieder Pech,
die Zeit wird es uns zeigen.
Ja, ich liebte dieses Pferd offenbar über alles.
Hätte ich es sonst getan?

Ein Team war wieder vereint,
eine Freundschaft wiederhergestellt.
Die Zeit brauchte noch lange, um die Wunden zu heilen.
Doch auch dies wird eines Tages
irgendwann geschehen.
Und er wird mir dabei helfen.

Alles im Leben hat einen Sinn, auch wenn man ihn nicht gleich erkennt.

Arizona Pay – bis dass der Tod uns scheidet

Im heimischen Stall deklarierte ich ihn erst einmal als Berittpferd. So umging ich diese endlosen Fragen und das Geschwätz. Erstaunlicherweise erkannte ihn keiner von früher, und ich beließ es dabei. Nur die Stallbesitzer waren informiert und freuten sich sichtlich für mich (auch wenn ich ihnen den Wunsch nicht erfüllte, ihre Schwiegertochter zu werden). Von den Zwischenbesitzern erfuhr ich noch, dass man ihm angeblich eine Warze am Sprunggelenk entfernt hatte. Ich glaubte eher an einen kleinen Tumor, denn in der Flanke hatte er auch etwas. Aber egal – wir waren wieder zusammen, und nur das zählte.

Der bereits erwähnte Sponsor sprang ab, beteiligte sich aber noch zur Hälfte an Pay, vermutlich aus Mitleid nach all dem.

Vor unserem ersten Ritt war ich so aufgeregt wie ein kleines Kind. Würde er mich auch herunterbocken wie die Leute, welche ihn ausprobiert hatten?

Nein, Pay lief genauso brav wie früher, etwas steifer, doch es war einfach ein Genuss, neben all den Freizeitpferden ein solch rittiges Tier zu reiten. Im Stall staunte man über seine Traversalen, fliegenden Wechsel und dergleichen. Sie sahen allerdings nicht, dass die Hinterhand voraus und die Wechsel nicht sauber durchgesprungen waren.

Da lag seit Jahren ein Manuskript auf meinem PC mit dem Titel Arizona Pay. Die Leidenschaft zu schreiben hatte mich bereits als Kind überfallen, bisher jedoch ohne großen Erfolg. Dann legte mir meine Mutter eines Morgens einen Zeitungsartikel hin. Ein Verlag in Egelsbach suchte nach neuen, auch unbekannten Autoren. Da ich nichts zu verlieren hatte, schickte ich es einfach ein und bekam die Rückmeldung, dass man den Text nun prüfen werde. Manche Menschen träumen davon, einmal im Leben eine Weltreise zu machen. Mein Traum war es, ein Buch zu veröffentlichen.

Dann folgte der nächste Brief, und man teilte mir mit, dass man bereit sei, mein Buch ins Verlagsprogramm aufzunehmen. Ja! So schlecht konnte es also nicht sein, dachte ich damals.

So wirklich glaubte eigentlich keiner aus meinem Umfeld an eine Veröffentlichung, nur ich. Also fuhr ich zur Vertragsbesprechung nach Egelsbach zum Verlag. Brav klingelte ich und trug mein Anliegen vor. Die Frau an der Tür entgegnete prompt: »So jung! Warten Sie einen Moment.« Das hatte ich doch im Institut schon mal gehört. Mensch, Mutter, musstest du mich so unpassend in die Welt setzen?

Nachdem die Dame offenbar den anfänglichen Schock überwunden hatte, folgte das übliche Palaver über die Bestandteile des Vertrags. Da ich in so etwas heute noch eine Niete bin, nahm ich den Papierstapel erst einmal mit nach Hause. Am Ende unterschrieb ich, naiv, wie ich war, und alles kam ins Rollen. Mein Umfeld glaubte mir nicht, aber die Leute werden es schon noch sehen bzw. lesen können.

Mit Pay lief alles prima. Er blieb gesund, und ich ritt ihn wie früher jeden Tag. Im Umgang mit anderen Menschen war er noch immer problematisch, gelinde gesagt.

Beim Weihnachtsreiten ritt ich nicht mit, obwohl man gern eine Sondereinlage gesehen hätte. Doch die unsauberen Lektionen wollte ich nicht zeigen, ebenso wenig wie das Steigen auf Kommando, das er inzwischen gut konnte.

Ein neues Jahr stand vor der Tür, und eigentlich konnte es nur besser werden.

Beim Neujahrsspringen nahmen wir teil, doch ritt ich mein Pferd über eine Stunde zuvor ab, denn ich wusste, was kommen würde. Unkontrolliert und ohne Sinn und Verstand schoss er mit mir über die winzigen Hindernisse. Er sprang immer noch so wie früher. Die Quittung bekam ich am folgenden

Tag. Pay ging vorne etwas lahm, und der Tierarzt kam zum Röntgen. Es war wie immer der Arzt vom Hexenberg, und es war gut, dass ich ihn nicht mehr so oft sah. Er injizierte Pay etwas Entzündungshemmendes, woraufhin das Pferd eine Halsvenenentzündung bekam. Das war etwas Neues. Deshalb sollte Pay für einige Tage Antibiotika bekommen, auf die er auch reagierte. Ich forschte in seinem Impfpass nach der Adresse des Haustierarztes, der ihn zu der Zeit behandelt hatte, in der er mir nicht gehört hatte. Ich rief den Arzt an. Viel konnte er mir nicht sagen, nur dass Pay kurz nach dem Verkauf fast an Druse hopsgegangen war und bei der Injektion von Penicillin mal geschockt hatte. Danach hatten die Vorbesitzer den Tierarzt gewechselt. Ich rief daraufhin meinen Arzt an, und wir stellten Pay von Penicillin auf Sulfonamide um. Schon bald ging es dem Kleinen besser.

Hinten rechts ließ er gerne mal den Huf schleifen. Da er keine Eisen hatte, sah man deutlich, dass dieser Huf stärker abgenutzt war als der andere. Trat ich Pay unter dem Sattel in den Hintern, war dieses Schleifen nicht mehr zu sehen. Vorsichtshalber fuhr ich mit ihm in die Klinik, und man diagnostizierte einen Fesselträgerschaden, obwohl mein Pferd bei Berührung im Iliosakralbereich offenbar Schmerzen hatte und eine deutliche Verschiebung zeigte. Der Arzt setzte die Spritze in den Fesselträger. Er musste es ja wissen, er war ja Tierarzt und ich nur Besitzer. Aber natürlich bekam Pay einen Einschuss, damit der Haustierarzt auch mal wieder kommen durfte, und die zweite Injektion sollte er sowieso verabreichen. Pay sollte vier Wochen Schritt gehen bis zur zweiten Spritze. Sehr witzig!

Durch Pay kam ich wieder mit einem Menschen in Kontakt, den ich sehr schätzte: dem Tierarzt, den ich beim Reitwartlehrgang kennengelernt und an dessen Einrenkqualitäten ich nicht geglaubt hatte. Als er im Stall war, hatte eine Vollblutstute mal wieder eine Kolik. Man könnte es auch chronischen Mangel krampflösender Medikamente nennen. Nur er sah es anders und setzte dem Pferd einige Akupunkturnadeln, verschob ein wenig die Wirbelsäule, und die Stute kolikte nicht mehr. Gespannt sah ich mir seinen für mich unerklärlichen Hokuspokus an. Bei Pay hingegen konnte er mir nicht weiterhelfen, und ich suchte mal wieder einsam in der Literatur etwas über das Iliosakralgelenk, fand aber nur wenig.

Nach zwei Wochen Schritt hatte Pay ein Problem. Er konnte kaum noch laufen und hoppelte eher mit beiden Hinterbeinen aus seiner Box. Was tun? Ich ließ ihn einfach auf dem Reitplatz laufen. Pay fegte los, bockte wie ein wilder Stier und konnte wieder laufen. Man sah deutlich noch immer eine Schwellung oben auf der Kruppe, diese war jedoch jetzt weicher. Zwei Tage Longe, dann ritt ich ihn wieder und telefonierte später mit dem wundersamen Tierarzt. Der meinte, meine Schilderung höre sich nach einer Iliosakralgelenksluxation an, und beim nächsten Besuch bestätigte er seinen Verdacht. Das konnte womöglich auch die Ursache für Pays damalige mysteriöse Koliken gewesen sein, deretwegen sich das dumme Pferd ja schon immer in der Luft gedreht hatte, wenn es bockte, und sich vermutlich öfter mal verschob, was durch fliegende Galoppwechsel oder beim Springen eben passieren konnte.

Dann hatten wir ein Fotoshooting für unser Buch und brauchten zwei Stunden, um nur einige wenige Bilder zu ergattern. Pay benahm sich völlig daneben, blieb nicht stehen und ließ sich nicht mehr fangen.

Einige Wochen später kam dann ein Paket vom Verlag. »Arizona Pay« von Elke Schneider. Es war schon ein tolles Gefühl, sein erstes veröffentlichtes Buch in den Händen halten zu können. Im Umfeld war doch so mancher überrascht – ich hatte wirklich ein Buch geschrieben. Natürlich kam es in diesem Jahr mit auf die Leipziger und auch die Frankfurter Buchmesse, wie so viele Bücher jedes Jahr.

Wenige Tage, nachdem ich das Buch zum ersten Mal in den Händen gehalten hatte, kamen die Presseanfragen. Das war mir etwas lästig. Stolz war ich schon auf die Veröffentlichung, aber ich war eben kein Typ, der im Rampenlicht stehen wollte, sondern immer im Background. Das gehörte nun aber dazu, und da Pay ja nun wieder in meinem Besitz war, gab es eben Bilder mit ihm und zum Teil absolut nicht vorbereiteten Pressemenschen. Auf meinem Pferdehänger wurde dann noch der Werbedruck angebracht.

Durch seine Erkrankung des Iliosakralgelenks war Pay nicht optimal im Training. Doch da ich das Turnier in Neu-Isenburg genannt hatte und die Fahrt nur wenige Minuten dauerte, wollte ich reiten. Wir fuhren wirklich zu unserem ersten Turnier!

Dort angekommen, war Pay völlig cool. Ich ritt ihn in der Halle und auch auf dem Platz ab, und zu meiner Verwunderung gab es kein Problem. Er hob sich alles für die Prüfung auf, eine L-Dressur auf Trense.

Einreiten, halten, grüßen – gelungen.

Im Arbeitstempo antraben, rechte Hand – Trab zu eilig.

Mitte der langen Seite eine Volte, acht Meter – zu eilig.

Durch die ganze Bahn wechseln, dabei zulegen – in der Mitte angaloppiert, Hufschlag wieder Trab.

Mitte der kurzen Seite halten, eine Pferdelänge rückwärts richten – Notbremse gezogen, in die Luft gesprungen und in falscher Fahrtrichtung gelandet.

Ich habe gelacht und das Viereck freiwillig verlassen. Am Zügel ging mein kleiner Teufel gelassen im Schritt aus dem Viereck. Das war unser erster Turnierstart! Doch nach all den Jahren Höhen und Tiefen, die wir beide gemeinsam und auch getrennt durchlebt hatten, waren wir unserem Ziel ein ganzes Stück näher gekommen.

Nun trat Juliane in unser Leben, eine Frau, die sich lieber am

Boden als unter dem Sattel mit Pferden beschäftigte. Sie fand Pay toll. Durch meinen Job und nebenbei den Beritt weiterer Pferde kam er im Grunde zu kurz, und sie beschäftigte sich tapfer mit ihm. Ich brauchte nicht eifersüchtig zu befürchten, er könne sie auch mögen, denn er biss sie oft und hob auch schon mal ein Bein nach ihr. Dabei brachte sie ihm die tollsten Leckereien mit und zerkleinerte sogar die Möhren im Mixer für ihn. Doch er biss weiterhin zu. War ich direkt anwesend, also am Putzplatz oder am Rand des Reitplatzes, benahm er sich lammfromm. Befand ich mich jedoch außer Sichtweite, tyrannisierte er Juliane. Als Dank für ihre Hilfe wollte ich sie als Einzige einmal in der Woche reiten lassen, nur Pay war von dieser Idee nicht ganz so angetan. Da er im Maul noch immer schwierig war, machte ich den Kappzaum mit Stoßzügel drauf, und die beiden kamen einmal in der Woche klar, nachdem wir mit Führen begonnen hatten. Pay akzeptierte fremde Menschen einfach nicht wirklich. Juliane blieb trotz der vielen blauen Flecken eisern bei der Stange.

Voller Euphorie dem Reitsport wieder zugewandt, wollte ich nun auch noch mein silbernes Reitabzeichen erringen, am liebsten mit Pay. Wir fuhren einmal zum Training, doch Pay konnte sich mal wieder nicht benehmen und versuchte unter der hinteren Stange auszusteigen, tobte und blieb mit seinem Widerrist im Hänger stecken. Allzu verwundert war ich nicht, lud ihn ab und sattelte ihn. Ich kannte ihn ja als so ausfallend. Der Reitlehrer allerdings hatte die Episode vom Pferd aus beobachtet und meinte, ich könne ja zum Lehrgang kommen, aber mein beklopptes Pferd solle ich doch bitte zu Hause lassen. Meinen Pay aber durfte keiner beleidigen. Wer ihn beleidigte, beleidigte auch mich.

In einem Verkaufsstall im Taunus fand auch noch ein Lehrgang statt. Zu diesem Zeitpunkt hatte aber bereits meine Kollegin Urlaub eingereicht. Immerhin konnte ich abends zum

Training kommen. Das bedeutete, dass ich Pay vor meinem Arbeitsbeginn um sieben Uhr reiten musste, dann arbeiten ging und anschließend in den Taunus fuhr. Ich ließ Pay diesmal gleich zu Hause. Vielleicht war das besser so.

In der ersten Springstunde trennten sich mein Springpferd und ich spektakulär über dem letzten Sprung. Ich stand verwirrt auf, klopfte mir den Sand von der Kleidung und war erst wieder geistig da, als alle um mich herumstanden. Wie peinlich! Bis der Krankenwagen da war, hatte ich mich bereits entschlossen, wach zu bleiben, und diskutierte mit den Sanitätern, dass ich keine Zeit hätte mitzufahren – ich musste ja meinen Lehrgang weiter reiten! Das war wichtiger!

Mann, hatte ich einen dicken Kopf an diesem und dem folgenden Tag …

Nach der Prüfung bekam ich Stress mit einem der Richter. Er war ein ehemaliger Reitlehrer, auf den ich nicht unbedingt gut zu sprechen war. Vielleicht ritt ich gerade deswegen so souverän – aus Zorn. In der Folge blieb ich oft dort im Stall hängen.

Mit den Bereitern verstand ich mich hervorragend, ritt ihre Pferde und brachte auch Pay einmal für eine Woche mit. Der Chef wollte, dass ich ihn verkaufe und mir ein besseres Pferd zulege, doch meinen Pay gab ich nicht mehr her. Dort gewöhnte ich ihn dann an einem steilen Hang wieder ans Gelände. Da konnte er so schnell sein wie der Wind, vor dem Ende des Weges bremsten alle.

Dann machte ich noch schnell meinen LKW-Führerschein, bevor das EU-Recht eingeführt wurde. Schließlich musste ich mich in der noch immer vorherrschenden Männerwelt behaupten. Das gelang mir gar nicht schlecht.

So viel Positives war in diesem Jahr passiert: Pay und ich waren wieder vereint, ich hatte mein erstes Buch veröffentlicht, und Juliane kämpfte weiter um die Gunst meines Pferdes. Nur glücklich, das war ich nicht. Das Recht, mich zu beschweren, hatte ich aber auch nicht: fester Job im öffentlichen Dienst, Auto, Pferd was will man noch? Die Männer allerdings hielten es an meiner Seite nicht aus, denn Pay ging immer wieder vor, was keiner auf Dauer verkraftete.

Den längeren Arbeitsausfall meiner Kollegin kompensierte ich gut und hatte im Büro eine neue Aufgabe, nämlich die erste SOP (Standard Operating Procedure) des Instituts zu schreiben. Wie mein Chef sagte, handelte es sich um eine Arbeitsplatzbeschreibung, damit eine Reinigungskraft ohne Vorkenntnisse meinen Job erledigen konnte.

Ich war müde geworden, müde vom Alltag, vom Trubel im Stall, und langsam wurden mir die Geschehnisse mit Rialto und Touch klarer. Ich hatte nie wirklich lange Zeit gehabt, das zu verarbeiten, was auch gut war, sonst hätte ich Pay nicht wiedergetroffen.

So setzte ich ein Stellengesuch ins Tierärzteblatt. Ich erhielt Antwort von einer Klinik im kleinen niedersächsischen Ort Mühlen bei Steinfeld. Das hörte sich verlockend an. Ich fuhr hin.

Zum ersten Mal fuhr ich die A1 hoch, und bereits ab dem Kreuz Münster fand ich die immer häufiger auftauchenden verklinkerten Häuser schön. In Holdorf fuhr ich ab, und weiter ging es über eine Landstraße nach Mühlen. Zu dem Zeitpunkt hatte ich aus Unwissenheit und auch Dummheit noch nicht begriffen, dass es sich um eine Pferdeklinik auf der Reitanlage eines international bekannten und renommierten Springreiters handelte. Mit großen Augen stand ich dann da, als ich es begriffen hatte, und mein Selbstbewusstsein schwand doch etwas.

Die Menschen dort oben aber waren einfach locker und unkompliziert, und es begann mich in den Norden zu ziehen. Ich bekam den Job.

Im heimischen Stall taten die Leute, als seien sie bestürzt, doch Ersatz war schnell gefunden und ich vom Feld verdrängt. Menschen sind leider so. Ein Tierarzt sagte einmal zu mir: »Was glauben Sie, was die Leute sagen, wenn ich heute sterbe? Der Arme? Nein. Die sagen: Verdammt, wen nehme ich denn jetzt als Tierarzt?«

Der Mann hatte einfach recht. Zu Hause meinte man, es sei mal wieder so ein Spleen von mir. Der Professor vom Institut war einfach gut. Er sagte, er würde meine Entscheidung verstehen, aber nur ungern akzeptieren. Dort hatte ich in den über zwei Jahren einfach allen gezeigt, dass ein junges Alter nicht unbedingt negativ zu bewerten war.

Pay kam auf die eine Seite des Pferdehängers, meine Sachen auf die andere, und wir fuhren in den Norden. Er kam nach Ihorst, eine kleine Reitanlage mit einem beleuchteten Reitplatz und etwa zehn Boxen. Ich bezog in Mühlen eine überteuerte Wohnung unterm Dach. Über mir wohnten noch die Mäuse – in einem Neubau!

Meine erste Selbstständigkeit bedeutete, einige Monate ohne TV zu leben, und ich fragte mich, wieso meine Wäsche nicht so weich wurde wie bei Mutter. Das Geheimnis nennt sich Weichspüler!

Drei Chefs, wie sie unterschiedlicher nicht hätten sein können, ein Behandlungsraum und ein OP. Wenn die Klinikboxen nicht reichten, mieteten wir weitere auf einem Hof an, da die Reitanlage fast immer voll war.

Zucht wurde hier großgeschrieben, und als ich zum ersten Mal auf einem der beiden von uns zu betreuenden Gestüte war und mein Chef mir irgendetwas von H4 und dergleichen erzählte, schaute ich ihn ungläubig an. Er versuchte mir die Follikelgröße mitzuteilen.

Anschluss zu finden war nicht schwer, weder bei den Kollegen noch nebenan auf der Reitanlage. Es war sehr international, und ohne die englische Sprache war man verloren. Partys gab es sehr häufig, und in der Küche war auch immer jemand, wenn man nicht allein sein wollte. Fast alle wohnten auf der Anlage, hatten nicht viel Geld und manche auch kein Auto. So machte man eben dort Party. Sie führten mich ohne zu zögern in die Partywelt ein, und ich lernte auch, wie man aus der Disco verwiesen werden konnte.

Allgemein war das Leben im Pferdeland leichter. Nach der eigentlichen Arbeit ging hier jeder erst einmal zu seinem Pferd. War dies dann versorgt oder bewegt, ging man später aus, und das ging sieben Tage die Woche. Erklären Sie mal einem Städter in Frankfurt, dass Sie erst Ihr Pferd versorgen müssen, und das auch noch jeden Tag …

Ich bekam Hilfe von einem Einheimischen. Über ihn konnte man fast alles beziehen. Er besorgte mir eine günstige Wohnung, und Pay zog in seinen Stall um, hinter der Trabrennbahn. Das war hervorragend, denn wir durften dort reiten, da ich ja auch auf der Anlage arbeitete. Diese Trainingsmöglichkeiten waren einfach ein Traum für mich: die Reithallen, Reitplätze, Rennbahnen und Hindernisse, echte und unechte. Wer dort sein Pferd trainierte, konnte sich darauf verlassen, dass auf einem Turnier nicht mehr viel Neues kommen konnte.

Besessen trainierte ich jeden Tag, ritt an der überdachten Trabrennbahn entlang zur Anlage hinüber. Abends war man oft nicht allein, denn da trainierten viele Bereiter die eigenen Pferde, und man gab sich gegenseitig Tipps und sprach über die anliegenden Probleme.

Mit Pay war ich noch immer unkontrolliert am Sprung, und die Bekannten schlugen vor, ich solle doch mal mit ihm die Reihe springen, da würden alle bremsen. Eine Reihe, das hieß etwa acht bis zehn Hindernisse. So ritt ich diese an, Pay verschätzte sich kräftig, sprang wie so oft immer an der höchsten Stelle, und die ein oder andere Stange flog.

Danach baten sie mich, zu meinem eigenen Wohl nie wieder eine Reihe mit diesem Teufel zu springen. Ich hatte keine Angst, denn er hob ja immer ab.

Uns ging es hier einfach nur gut, anders konnte man es nicht sagen. Juliane besuchte uns auch einmal.

Gegen Mitte des Sommers war der kleine Knoten in Pays Ohr größer geworden, und jeder der drei Tierärzte hatte eine andere Idee, diesen zu heilen. Einer wollte ihm einfach das Ohr amputieren, der Nächste wollte einen Betastrahler aus der Humanmedizin einsetzen, und der Dritte schließlich wollte die Geschwulst mit Formalin wegätzen.

Zuvor wollte ich, dass jemand ihm den Knoten aus seiner linken Flanke entfernte, denn der war leider auch gewachsen. Ich warnte den Tierarzt, dass dies nicht so einfach im Stehen gehen würde, doch er wollte nicht hören und bekam es zu spüren. Wir sedierten Pay dann doch mehr. Laut Einschätzung meiner Chefs war es eine einfache Warze, doch der Pathologiebefund war anders: Krebs, ein kleiner Tumor. Damit hatte ich gerechnet. Doch die Prognose war nicht gut, da er trotz vollständiger Entfernung vermutlich bereits gestreut hatte. Ich ging nicht davon aus, dass die Geschwulst im Ohr gutartig sein würde.

Vor dem ersten Eingriff am Ohr stritt ich mich noch mit meinem Chef, denn ich wollte die Risikonarkose selber machen. Ich hätte es weder mir noch einer anderen Person verzeihen können, wenn Pay dabei sterben würde und ich dem Menschen jeden Tag ins Gesicht sehen sollte. Wir verpassten Pay eine Vollnarkose, um ihm Formalin in den Tumor zu injizieren, und zwei Injektionen gaben wir im Stehen.

Die Folgen der Injektionen waren unschön. Fast dauernd hielt Pay den Kopf schief oder schüttelte ihn und begann sich mit der Gesichtshälfte zu schubbern. Selbst von mir ließ er sich nur noch schwer halftern, doch ich sah kein Ende kommen – trotz aller Befunde.

In der Klinik war man nicht so verträumt wie ich zu diesem Zeitpunkt und machte sich Sorgen, was denn passieren würde, wenn Pay sterben müsste – denn sie wussten, Pay war mein Leben. Ich träumte schon lange von einem Jack-Russell-Terrier, doch in der Klinik waren bereits so viele Hunde unterwegs, dass sie keinen weiteren duldeten, was ich verstand. Da sich Pays Zustand weiter verschlechterte, heckten die Kollegen einen Plan aus. Ich sollte zum Parkplatz kommen, da hätte jemand Welpen im Auto. Natürlich fand ich sie toll, es waren noch ein Rüde und eine Hündin abzugeben. Ich sagte dem Besitzer, dass ich aber leider keinen haben dürfte. Alle grinsten wie die Honigkuchenpferde – der Rüde war für mich!

Diese Geste, mir etwas Gutes tun zu wollen, obwohl ich eigentlich noch gar nicht lange dort war, übermannte mich schier. Da machten diese Menschen sich solche Gedanken um mich! Das rührte mich.

Ja, da saß ein kleiner gestromter Hund im Pappkarton vor mir – mein Hund! – und sah mich mit seinen großen Augen scheu an. Ich wusste noch nicht einmal, ob ich in meiner Wohnung einen Hund halten durfte, doch hier gab es mit Tieren einfach kein Problem. Zum Glück war der Kleine sehr unkompliziert und biss weder in Kabel noch in Schuhe. Immer noch hatte er keinen Namen, stand in der Klinik aber gern im Weg, bis einer der Ärzte sagte: »Hau den Lukas!«

Okay, das war nun Lukas. Willkommen bei mir, mein kleiner Freund!

Das zentrale Problem – Pay hatte noch immer Angst vor Hunden und Lukas Angst vor Pferden – löste ich radikal. Da Pay in einer geräumigen Abfohlbox stand, setzte ich Lukas zu ihm in die Ecke. Beide fanden sich gegenseitig ziemlich unausstehlich, und ich überließ sie für mehrere Stunden ihrem Schicksal. Als ich zurückkam, waren die beiden sich gegenseitig schon deutlich sympathischer und kamen von diesem Tag an gut miteinander klar. Lukas schlief von da ab öfter im Stall.

Es war ein Samstag, und ich hatte das Wochenende frei. Wie üblich fuhr ich morgens in den Stall. Pay ging es gar nicht gut. Er rammte seinen Kopf gegen die Wand oder schlug mit ihm umher und fraß nicht mehr. Ich rief in der Klinik an, dass ich mit ihm kommen würde, es wäre wohl so weit, denn er leide Schmerzen. Als wir dort ankamen, hatte einer der drei Chefs Dienst, und es begann eine Diskussion. Dass Pay litt, war keine Frage, doch der Chef wollte ihn noch einmal in Vollnarkose legen, um tief in den Tumor spritzen zu können. Wie üblich machte ich die Narkose selber, wir legten nur kurz eine Injektionsnarkose, und vor lauter Aufregung sperrte ich Lukas mit in die Aufwachbox ein. Zum Glück war Pay sehr ruhig, bevor er nach der Narkose aufstand, blieb lange in Bauchbrustlage und tobte nicht umher, sonst wäre er vermutlich noch auf Lukas getreten. Glück gehabt, aber wer weiß, wie lange?

Es geschehen doch immer noch Wunder. Der Tumor in Pays Ohr ging vollständig zurück. Jetzt hatte ich ein Pferd und einen Hund – prima. Und die Geste meiner Kollegen werde ich nie vergessen!

Schon bald war Pay wieder im Training, und Lukas wurde unser Kotrainer. Eigentlich ging er immer mit beim Reiten, manchmal sogar jede Bahnfigur, und auf der Rennbahn heizten sich die beiden förmlich an. Wurde es mal knapp, sprang Pay eben einfach über ihn.

Weil Pay nach dem Geländetraining immer wieder auf den Vorderbeinen stark zu zittern begann und er seit dem Tumor doch etwas Probleme mit dem Gleichgewicht hatte, entschied ich, ihn bis auf Weiteres nur noch Dressur zu reiten, um ihn länger erhalten zu können.

Es schien, als hätten wir hier unser Glück gefunden. Der Job, das Reiten, der Hund, die Menschen hier – es war einfach alles perfekt. Man traf so viele Menschen aus zahlreichen Nationen, bekannte Reiter und solche, die es noch werden wollten. Dann der Ball immer im Dezember jeden Jahres, woraufhin ich mir zum ersten Mal ein Ballkleid kaufte. Meine Welt hätte sich immer so weiterdrehen können.

Für mein Pferd bekam ich hin und wieder ein Kaufangebot, doch ich schlug alle aus. Mein Pay und ich waren fast schon so etwas wie ein altes Ehepaar: einfach unzertrennlich. Wenn ich mal nach Frankfurt fuhr, dann musste ich morgens erst zu ihm und kam noch am selben Tag zurück. Ich konnte meinen Pay ja nicht einen Tag allein lassen …

In der ganzen Zeit gab es auch einen »Zweibeiner«, doch die große Liebe war es nicht. Wir waren »indirekt« zusammen, also nicht so fest wie manch andere. Doch den Partnertausch, der dort herrschte, machte ich nicht mit. Alkohol zu trinken hatten sie mir noch immer nicht beigebracht. Da ich mich bei der kleinsten Menge sofort übergeben musste, wollte ich auch nicht trainieren, wie man mir riet. Auf dem Tisch tanzen konnte ich dennoch und auch direkt aus der Disco zur Arbeit weiterfahren.

Das Frühjahr folgte, und wir ritten, wenn es der Job erlaubte, einige Turniere. Das waren M-Dressuren, wo wir nicht wirklich eine Chance hatten unter der Oldenburger Elite, die heute im internationalen Sport läuft. Doch es bereitete mir Freude, und es war sogar so, dass ich bei schlechtem Wetter nicht fuhr, so normal wurde es für uns, starten zu können. Der Vollblüter war nicht gern gesehen im Dressurviereck, und wir wurden auch mal hinausgeklingelt: Pay sei angeblich lahm. Das konnte niemand nachvollziehen, aber es war eben so. Pay hielt, und ich ritt wie vom Teufel besessen, und wenn es sein musste, saß ich aus beruflichen Gründen auch mal nachts um zwölf auf meinem Pferd. Piaffe und Passage waren im Ansatz da, aber nicht ausgereift, und in den Serienwechseln war ich immer zu langsam, egal auf welchem Pferd. Das war mein Problem.

Der Sommer lief einfach gut weiter, nur dass mein Pferd nun seltsamerweise begann, sämtliche Pferde zu decken. Ich machte einen Bluttest, und es stellte sich heraus, dass da etwas nicht stimmte: Sein Hormonspiegel deutete auf einen Hengst hin. Dabei hatte er doch zwei Kastrationsnarben. Ob da restliches Gewebe oder gar ein Hoden vergessen worden war, war mir egal. Ich trennte ihn von den Stuten, denn das musste ja nicht sein. So war auch einfacher nachzuvollziehen, warum mein »Wallach« manchmal so »komisch« war.

Für eine Woche fuhr ich mit ihm nach Hause und brachte ihn in der Reitanlage Neu-Isenburg unter. In Hessen war dieses Pferd ein Knaller von den Lektionen her, im Norden hingegen eher unbedeutend. So unterschiedlich war die Zucht in Deutschland.

Pay bekam zum ersten Mal Hufeisen vorn, weil er etwas fühlig ging, Trabereisen, schmal und leicht. Ich war nicht dabei, denn ich musste arbeiten. Der Schmied teilte mir allerdings mit, dass er dieses Pferd nie wieder beschlagen würde. Pay hatte die Prozedur offenbar nicht so gut gefunden.

Zu guter Letzt toppte ich dann noch mein Glück und zog in derselben Straße mit Pay auf einen Bauernhof. Wenn ich morgens aus der Balkontür kam, war er meistens schon auf der Weide, ich rief seinen Namen und er schaute hoch, so wie im Märchen. Dort hatten wir einen Reitplatz, und gelegentlich ritt ich zur Anlage rüber. Lukas ärgerte die Katzen oder sie ihn, schön im Wechsel. Alles schien hier in Mühlen einfach perfekt zu sein, und ich wollte diesen Ort nicht mehr missen.

Die Mischung – Pay, Job, Freizeit – war einfach genial.

Bereits im Sommer zuvor hatte sich einer der drei Teilhaber von den anderen beiden getrennt, und nun gab es schon seit fast drei Monaten ein Hin und Her, wie es denn weitergehen sollte mit der Klinik. Wirklich ernste Worte vonseiten der Chefs gab es nicht, eher immer wieder neue Gerüchte, dass sie mal zurück nach Holland gehen, mal hier weggehen und neu bauen, mal wieder sich trennen wollten. Das alles erfuhren wir von den Kunden. Natürlich war solch eine Entscheidung nicht ganz unabhängig, was die Finanzierung angeht, aber die Angestellten hingen seit Monaten in der Luft, und ich hatte viel zu verlieren. Mein Pferd, mein Auto und ich selbst wollten jeden Monat Geld sehen, und meine heile Welt in Mühlen bekam Risse. Ich hatte die Alternative, in eine Gemischtpraxis in Steinfeld zu gehen, was ich jedoch ausschlug.

Auf der neuen Suche nach meiner Zukunft würde ich stattdessen zum Jahreswechsel nach Münster an den Aasee gehen, natürlich mit Pay und Lukas. Jedoch nicht in eine Klinik oder Praxis, sondern in einen Dressurstall, wo außerdem eine Springreiterin einziehen würde, durch die ich an den Job geraten war. Im Grunde schien dies des Rätsels Lösung zu sein. Die Spring- und Dressurpferde mitzureiten, und dies ohne Ausbildung als Bereiter – why not?

Zuvor meldete sich aber Pay noch einmal intensiv zu Wort. Wie auch immer, vermutlich auf der Koppel war er der Meinung, er sollte sich sein bereits gebrochenes Griffelbein vorne rechts medial erneut brechen und nun mit zwei freien Stücken im Bein weiterlaufen. Die Lahmheit war gering, und ich wollte ihn gegen jeden Rat wieder nicht operieren lassen. Deshalb bekam er ein entzündungshemmendes Mittel übers Maul eingegeben, welches sich jedoch damals noch in der Testung befand. Dies wusste ich zwar, nur hatte ich nicht damit gerechnet, dass es Pay zum Verhängnis werden könnte.

Es begann harmlos mit einer leichten Kolik, die sich dann über eine Woche hinzog. Am Ende der Woche lag das Pferd mit 40 Grad Fieber platt auf der Seite. In dieser Woche gab es mal wieder wilde Diagnosen vom Tumor an der Milz bis zur Leukose, wegen des schlechten Ergebnisses nach der Tumoroperation.

In meiner Verzweiflung lud ich ihn auf und fuhr ihn in die nahe gelegene Klinik, die sich auf Koliker spezialisiert hatte. Doch eine Kolikoperationserlaubnis bekam Pay nicht. Zum damaligen Zeitpunkt stand ich einfach nicht hinter der Methode und war auch der Ansicht, dass oft zu schnell operiert wurde. Merkwürdig für mich war Pays ganzer Verlauf, denn er hatte inzwischen starken Durchfall bekommen.

Meine Noch-Arbeitgeber waren beleidigt, dass ich Pay weggefahren hatte, doch in der Klinik erkannte man sein Problem: Trotz Durchfalls war er verstopft, bekam Abführmittel eingegeben und kam nach zwei Tagen an meinem Geburtstag nach Hause. In dieser Zeit fuhr ich einen Leihwagen, da am helllichten Tag ein Pferde-LKW in mein parkendes Auto gefahren war. Mindestens zehn Fahrzeuge standen dort in einer Reihe, doch genau meins musste es sein. Meine Nerven lagen blank, als der arme LKW-Fahrer zu mir kam und sich entschuldigte.

Mühlen war meine Heimat geworden, und deshalb verließ ich diesen Ort nur schweren Herzens. Die Gegend und die Menschen dort hatte ich zu schätzen gelernt, und es tat weh, dort wegzugehen. Vielleicht auch, weil es der erste Ort war, an dem ich so richtig auf mich allein gestellt war. Viele schöne Erinnerungen blieben mir, doch Geld zu verdienen war einfach wichtig.

In Münster war alles anders. Ich hatte eine kleine Kellerwohnung, Lukas musste meistens an der Leine gehen, um einen Parkplatz musste man kämpfen, und Hausordnungen musste man beachten.

Mein Job als Springer zwischen den Springpferden und den Dressurpferden gefiel mir, und ich pendelte zwischen den Seiten. Natürlich gehörte alles andere auch dazu wie Misten, Füttern und LKW fahren. Besonders toll fand ich es, wenn der damalige Bundestrainer der Dressurreiter zum Training kam. Seine Tipps waren eben sehr effektiv, und ich versuchte möglichst immer zum Training nach Rosendahl mitzufahren. Wenn mein Chef mal unterwegs war, kam gelegentlich auch sein bestes Pferd dorthin zum Beritt, und ich fuhr einmal am Tag hin, um es auszureiten, was ich sehr genoss. Lukas war fast den ganzen Tag auf der Rennbahn, welche um die beiden Dressurplätze verlief, und rannte mit den Pferden mit. Ich lernte so einiges in dieser Zeit, auch was Zickenkrieg betrifft – leider.

Spannend war es immer wieder, wenn wir am Nachmittag mit neuen Pferden noch mal ausritten, hinten am Allwetterzoo entlang. Wenn dort Fütterungszeit war, kam es öfter vor, dass sich die jungen Pferde sehr erschreckten und über die große Parkplatzwiese durchstarteten.

Pay stand auf der anderen Seite der Reithalle, und es ging ihm dort nicht schlecht. Ihn arbeitete ich zusätzlich abends, und der Unterricht, den ich bekam, schadete uns ganz und gar nicht. Ich begann noch viel exakter zu reiten, wirklich feiner auf den Punkt. Doch das Personal im Stall wechselte öfter, und es war schwierig, ein harmonisches Team zusammenzustellen.

In dieser Zeit traf ich, wie sollte es anders sein, wieder auf neue Menschen, mit denen man etwas unternahm. Münster als Stadt sprach mich allerdings nicht so an wie andere. Am Aasee fand ich es sehr nett, und es gab sehr viele Studenten dort.

Ich verkaufte meinen Geländewagen und meinen Pferdehänger, weil ich nicht wirklich die Zeit hatte, selber auf Turniere zu gehen. Wenn es sich ergab, konnte ich ja mal mitfahren. Irgendwie war es komisch, denn ich verkaufte das, was mir immer so wichtig gewesen war: meine Mobilität.

Auch an Tierärzten und anderen Heilern lernte ich so einige kennen. Ich wunderte mich manches Mal, was diese alles diagnostizierten oder therapierten, sodass ich anschließend mal eine Stute direkt aufladen und in die Klinik fahren musste. Ihr ging es danach nicht sonderlich gut …

Mein Chef bekam sich mit seiner Turnierpflegerin in die

Haare, und ich sollte mitfahren, natürlich mit Lukas. Es war das erste Mal, dass ich Pay zurückließ, doch auf ihn war Verlass, wie immer. Freunde, die ich inzwischen gefunden hatte, wollten ihn die Tage über für mich laufen lassen. Doch als ich in Bremen auf dem Turnier war und wie üblich zweimal am Tag fragte, wie es ihm denn gehe, waren sie wütend. Er hatte sich nicht mehr fangen lassen, und es war erst mithilfe von acht Menschen möglich, mein auskeilendes Pferd wieder in seine Box zu bugsieren. Auch nach all den Jahren, die wir inzwischen gemeinsam verbracht hatten, war er nie von seinem Schema abgewichen: Für uns beide gab es nur uns, und da kam auch keiner dazwischen.

Es bürgerte sich ein, dass ich mit auf die Turniere fuhr, mal mit der Spedition, mal mit dem großen oder dem kleinen Zwei-Pferde-LKW, den ich liebevoll fahrende Pommesbude nannte und mit dem ich mehr Zeit in der Werkstatt verbrachte als anderswo. Die internationale Turnierszene war sehr interessant für mich, und wieder traf man Menschen, die man von Mühlen her bereits kannte, genauso wie neue Gesichter.

Arizona Pay wurde immer müder unter dem Sattel. Seine Trägheit steigerte sich über einige Wochen hinweg. Selbst auf der von ihm so geliebten Rennbahn wollte er nicht mehr galoppieren. Dabei hatte er sich in der Ausbildung so gut entwickelt und mit seinen zwölf Jahren stand er voll im Training und hielt dem auch stand.

Beim Reiten begann er sich immer mehr im Genick zu verwerfen, was er eigentlich nie getan hatte, aber ich fand keine Ursache dafür. Seine Blutwerte jedenfalls waren zum ersten Mal, seit ich dieses Pferd kannte, in der Norm.

Eines Abends brachte ich ihm wie immer seine Möhren, doch diesmal rannte er mich um, als ich die Box betrat, und erschrak sich furchtbar dabei. Ich schimpfte und legte die Möhren in den Trog. Während ich da stand und meinem Pferd beim Fres-

64

sen zusah, bemerkte ich, dass er immer wieder seinen Kopf verdrehte und lauschte. Was machte er da bloß?

Ich näherte mich ihm, und er erschrak sich erneut furchtbar – nur warum? Dann fasste ich mit meinem Finger in sein rechtes Auge, und er ließ es zu. Pay war offenbar auf seinem rechten Auge zumindest zum Teil erblindet, und ich hatte es nicht gemerkt!

Das linke Auge – da ließ er es gar nicht erst zu, dass ich mit meinem Finger so nah kam. Nur wo um alles in der Welt kam diese Erblindung her?

Noch konnte er sein mangelndes Sehvermögen mit dem linken Auge ausgleichen, bis er dann eine Woche später auch auf diesem Auge erblindete. Ich wusste aus meiner Zeit als Tierarzthelferin, dass Pferde entweder sofort mit einer Erblindung zurechtkamen – natürlich in gewohnter Umgebung – oder gar nicht. Pay schien zu Letzteren zu gehören. Er wurde völlig schreckhaft und klebte zur Orientierung an meiner Schulter. Jeden Tag führte ich ihn ein wenig. Auch auf der Koppel kam er nicht klar, rannte durch den Zaun und geriet in Panik. In seiner Box begann er zu wandern, sobald er etwas hörte. Nur nachts, wenn alles still wurde, kam er zur Ruhe.

Ich sprach mit einigen Menschen über erblindete Pferde, auch mit dem Tierarzt, nur erwähnte ich nie, dass es sich um mein eigenes Pferd handelte. Wieder war es ein Alleingang, den ich mit mir ausmachen musste. Die Verantwortung Pay gegenüber trug ich ganz allein.

Dieses Tier war nicht einfach ein Pferd, sondern mein Lebensinhalt. Pferd, Freund, gar ein Lebenselixier, schlichtweg der Sinn meines Lebens. Mein ganzer Tagesablauf war von Pay bestimmt, und nun musste ich mir Gedanken darüber machen, ob es nicht doch besser sei, ihn gehen zu lassen. Erst zwölf Jahre war er alt, noch kein Alter für ein Pferd, doch die Diagnose Krebs war nun schon zwei Jahre her, länger als die Lebenserwartung, die man ihm vorausgesagt hatte. Würde dieses Pferd für immer gehen, so wäre dies mein persönlicher Absturz, und ich wusste nicht, was folgen würde.

Ja, ich hatte davon geträumt, Pay eines Tages irgendwo im Garten stehen zu haben und ihn meinen Kindern zu zeigen, wenn er alt war. Aus Liebe zu ihm aber entschied ich mich dazu, ihn nun endlich gehen zu lassen, diesmal für immer. Er hätte es auch nicht anders gewollt. Das war kein Leben mehr für ihn. Mein Kämpfer war zu einer schreckhaften Maus geworden.

Mittwoch, der 7. März 2001. Die Sonne stieg gerade über dem Aasee empor. Es war kurz vor sieben, als der kleine LKW auf den Hof fuhr. Wir besprachen den Ablauf, der Abdecker lud seinen Bolzenschussapparat und nahm mir den Strick aus der Hand.

Am Misthaufen passierte es, wie immer. Er legte an, der dumpfe Knall drang durch die Luft, und Pay fiel zu Boden, zuckte noch kurz und war tot. Ich kniete mich bei ihm nieder und nahm ihm sein Halfter ab.

Ja, auch ihm war der letzte Weg gelungen. Ich bat den Abdecker, mich anzurufen, wenn er etwas Auffälliges entdeckte. Ich äußerte den Verdacht, dass Pay Tumore im Bauch gehabt hatte.

Wie in Trance stieg ich in meinen Wagen und fuhr für zwei Tage nach Frankfurt. Dort wusste keiner, was mit mir los war, denn wie immer brauchte ich die Meinung anderer nicht, nicht in solchen Fällen. Der Abdecker meldete sich noch am selben Tag. Er hatte nichts gefunden, außer am Gehirn, das völlig mit schwarzen Flecken übersät war, vermutlich Melanome. Dies beruhigte mich und bestätigte mich in meiner Entscheidung, ihn gehen gelassen zu haben. Eigentlich hatte ich mir immer vorgenommen, wenn Pay einmal gehen müsste, ans Meer zu fahren und unsere Geschichte aufzuschreiben, um das zu voll-

66

enden, was wir vor Jahren bereits veröffentlicht hatten. Doch der Job ließ es nicht zu.

Diese Entscheidung war die bisher schwierigste meines Lebens. Ich glaube noch heute nicht daran, das Glück zu haben, ein weiteres Mal im Leben auf ein Pferd zu treffen, das so zu mir passt wie Pay.

Ja, ich bin dankbar dafür, dass es ihn gab, und dankbar, zu diesem Zeitpunkt nicht in einer Klinik gearbeitet zu haben. Denn alles hat seinen Sinn, und in einer Klinik hätten wir garantiert noch einige Wochen alles Mögliche ausprobiert, bis diese Entscheidung getroffen worden wäre. So hat alles seinen Platz und Sinn im Leben, nur wo meiner war, wusste ich zu diesem Zeitpunkt nicht mehr.

Manchmal sind eher die Pferdebesitzer die schwierigen Patienten. An dieser Stelle möchte ich mich bei all jenen bedanken, die mich über all die Jahre begleitet haben. Mein Dank geht an:

- Dr. Georg Wiesenecker, ohne den ich vielleicht niemals diese berufliche Laufbahn eingeschlagen hätte und der Pay einmal das Leben rettete.

- das Vater-Sohn-Team von Schöppenthau aus Dietzenbach, das Pay, Rialto und First Touch sozusagen 24 Stunden am Tag betreut hat und immer für meine Pferde da war.

- Juliane, die sich von Pay immer wieder als Spielball benutzen ließ. Es machte ihm große Freude, dich zu beißen.

- die Klinik in Mühlen, die mir Lukas schenkte. Das werde ich euch nie vergessen.

Es ist mir wichtig zu betonen, dass ich in all den Jahren mit meinen Pferden trotz einiger Komplikationen nie einen Tierarzt oder jemand anderen vor Gericht gezogen oder über einen Anwalt kommuniziert habe. Ich habe die Erfahrung gemacht, dass man mit den Menschen einfach ein Gespräch suchen muss. Damit erreicht man oft viel mehr.

Der Absturz

Eigentlich hatte ich mir immer erträumt, wenn Pay einmal vor mir gehen würde, dass ich dann für ein bis zwei Wochen ans Meer fahren würde. Dort wollte ich mit Lukas am Strand sitzen und unsere Geschichte zu Ende schreiben.

Daraus wurden zwei Tage in Frankfurt, und weiter ging es im Dressurstall mit der Arbeit. Natürlich machte ich meinen Job, so wie immer, und mein Chef bot mir auch an, seine Pferde auf Turnieren vorzustellen. Das wäre allerdings genau das gewesen, was ich immer verachtet habe. Mit einem S-Dressurpferd oder einem gar noch höher ausgebildeten Pferd in kleineren Prüfungen den Leuten die Schleifen wegnehmen, das wollte ich nicht. Trotzdem war ich dankbar.

Irgendwie schien ich gespürt zu haben, dass es mit Pay zu Ende ging. Warum hatte ich sonst meinen Pferdehänger verkauft und den Geländewagen eingetauscht? Zum Glück hatte ich dieses Gefühl nur bei meinen eigenen Pferden.

Ich genoss es, durch die Felder nach Rosendahl zu fahren. Die zusätzlichen Kilometer waren mir egal, denn ich hatte keinen Termin nach Feierabend mehr. Pay war tot.

Reiten wollte ich nicht mehr, und so suchte ich mir einen Job in einer Tierklinik in Dülmen. Meine Wohnung lag in Nottuln auf der Leopoldshöhe, über einer Gaststätte mitten im Wald. Etwas extravagant, da die beiden Zimmer durch eine Treppe voneinander getrennt waren, doch ich hatte meine Ruhe, und Lukas konnte gleich in den Wald.

Noch arbeitete ich allerdings im Dressurstall, und nebenbei renovierte ich auch noch meine Wohnung. Es folgte mein Abschlussturnier im niederländischen Arnheim. Meinen Job in Dülmen sollte ich erst in einer Woche antreten. Zwei Pferde hatte ich dabei und als Reiter einen Japaner, der sehr lustig war. Ich konnte kein Japanisch, er kein Deutsch, und sein Englisch war schlecht. Doch es ging. Da er kein besonders guter Reiter war, dachten wir eigentlich, dass wir nach der ersten Prüfung wieder nach Hause fahren würden, und ich feierte mit meinen Freunden jeden Abend meinen Abschied als Pfleger. Dann blieben wir doch noch bis Sonntag, weil er noch einmal starten durfte. Die beiden Pferde waren sehr erfahren und völlig unkompliziert. Sie machten ihren Job, und meinem Jockey versuchte ich klarzumachen, wann er denn zum Reiten zu erscheinen hatte.

Das Wetter war super, die Stimmung auch, bis es mal wieder losging mit der Frage: Wer wirbt wen ab? Gute Pfleger, die auch noch einen LKW-Führerschein besaßen, waren immer gefragt, und dass meine Arbeitgeber nicht als allzu einfach galten, war wie eine zusätzliche Qualifikation für mich. Doch ich blockte ab und war auch noch so dumm zu verraten, wo ich in einer Woche anfangen würde. Wie hätte ich ahnen sollen, dass die Person, die mich abwerben wollte, dafür sogar ihre Pferde von Frankfurt nach Dülmen zum Behandeln fahren würde?

Ich belud gerade meinen LKW, als der Reiter, der mich gern engagieren wollte, erschien. Lässig mit Sonnenbrille stand er vor mir. Vor fast einem Jahr hatten sie schon einmal bei mir angeklopft, sich dann jedoch nie wieder gemeldet. Nun teilte er mir zu meiner großen Überraschung mit, dass ich in einer Woche erst einmal für sechs Wochen zu ihm nach Frankfurt kommen und erst danach in der Klinik anfangen würde. Ich glaubte ihm kein Wort, da zog er zum Beweis sein Handy hervor. Der Mann hatte doch tatsächlich mit meinem zukünftigen Chef gesprochen und einen Deal vereinbart, dass ich erst später kommen würde. Mir fehlten schlichtweg die Worte! Das war zu viel für mich, um reagieren zu können, denn den Tierarzt, meinen zukünftigen Chef, kannte ich ja auch nicht gut. Es ging um einen guten Kunden, wie er mir sagte.

70

Also ging ich tatsächlich für sechs Wochen nach Frankfurt, um einen Hengst zu betreuen, der mit seiner Reiterin auf die WM sollte.

Eigentlich hätte mich dieser Deal über meinen Kopf hinweg stören müssen, doch ich nahm zu diesem Zeitpunkt alles einfach nur hin, denn in Gedanken war ich bei Pay und nirgendwo anders. Gewohnt zuverlässig machte ich meinen Job und kam gut mit dem doch sehr dominanten Hengst klar. Auch bei der WM lief alles rund, doch die Reiterin schrammte knapp an Bronze vorbei und wurde leider nur Vierte.

Es war keine schlechte Zeit, doch ich freute mich auf das Münsterland und meine Wohnung im Wald. Die Klinik wartete inzwischen ja auch auf mich, und so packte ich Lukas ein und fuhr gen Norden, wieder mal die A1 hoch.

In der Klinik wurde ich nicht gerade mit offenen Armen empfangen. Da herrschte Zickenalarm, und ich wurde als starke Konkurrentin gesehen. Man versuchte mich, wenn möglich, aus dem OP fernzuhalten. Mir war das egal, ich hatte meine fast vierzig Boxen zu betreuen und gab mich damit zufrieden. Lukas war wie immer zuerst nicht erwünscht, erkämpfte sich seine Freiheit aber durch seinen Charme.

Wenn ich freihatte, gingen wir rund um die Leopoldshöhe sehr viel spazieren, und ich saß gerne an der kleinen Kapelle und dachte über den weiteren Sinn meines Lebens nach, den ich nicht wirklich fand, so ohne Pay. Reiten wollte ich ja auch nicht mehr.

Doch der Chef wollte, dass ich häufiger in den OP kam, was die Damen sehr störte, denn ich beherrschte meine Aufgaben dort ziemlich gut, vor allem die Inhalationsnarkosen beim Pferd. Der Chef machte sich einen Spaß daraus, uns gegeneinander auszuspielen, und rief mich an, obwohl ich keine Bereitschaft hatte. Natürlich erschien ich dann auch, und am folgenden Morgen gab es beleidigte Gesichter und Diskussionen. Leider behandelten wir in der Klinik auch Rinder – nicht zu meiner Freude, denn mit denen konnte ich nicht, und ich glaube, die auch nicht mit mir. Die Kleintiere dagegen waren mir egal, da half ich gerne mal aus.

So vergingen die Tage, der Dressurstall ging mir noch einmal auf die Nerven, weil man mit aller Gewalt wollte, dass ich zurückkam. Doch ich wollte nicht.

Hin und wieder kam auch mal ein Mann ins Spiel, was aber nicht lange gut ging. Da verabredete man sich, saß beim Essen, und dann klingelte mein Handy – Notfall. Beim zweiten Mal war es dasselbe, und ein drittes Mal gab es nicht mehr.

Eines Tages kam ich auf die tolle Idee, nach Holland zu fahren und mir dort einen dreijährigen Friesen zu kaufen, bisher nur gefahren und etwas angeritten. So kam Willi in mein Leben, doch anstatt mir eine Aufgabe zu stellen, erwies er sich als Schlaftablette. Willi war eben ein echter Willi, er tat trotz seines Alters einfach alles, was ich von ihm wollte. Egal ob in der Halle oder im Gelände, bei allem blieb er erst mal cool und brauchte einige Zeit, um zu zünden. Der kleine Kerl war einfach nur lieb und brav, was sich so manch einer wünschte, nur ich nicht. Ihm war auch egal, wer da jeden Tag kam, er war stets zu allen freundlich. Es dauerte nicht lange, bis ich merkte, dass dies nicht das Pferd meiner Träume war. Ich verkaufte ihn, und die neuen Besitzer setzten ihn zu therapeutischen Reitzwecken ein. Die Leute waren sehr zufrieden, auch über ein Jahr später noch.

Später kaufte ich mir ein kleines Quad, Lukas fuhr in seiner eigens angefertigten Kiste hinten mit, und wir erkundeten die Gegend. Der Hund war für jeden Quatsch zu haben, nur auf ein Pferd setzen durfte man ihn nicht – da bekam er die Krise.

Dann gelangte Sam in mein Leben, ein Pferd, das ich noch aus Münster kannte. Es war ein braver älterer Fuchswallach, der oft auch im Schulbetrieb ging. Seine Besitzerin, die ich gut kannte, war in finanzielle Schwierigkeiten geraten, und so landete der alte Sam bei mir. Viele Alternativen hatte er auch nicht, und ich wollte gar nicht erst wissen, wie seine Beine auf einem Röntgenbild aussahen, denn deutliche Veränderungen waren mit dem bloßen Auge zu sehen. Ich brachte ihn in einer Herde auf einem Bauernhof unter, nicht weit von der Klinik entfernt, und ritt ihn, so oft es mir der Job erlaubte. Vermutlich hatte ich ihn genommen, weil er in der Gesellschaft genauso überflüssig war, wie ich mich selbst fühlte.

Wenn ein Notruf einging, kam es auch mal vor, dass ich zu Pferd oder mit dem Quad erschien. Das war alles kein Problem. So verbrachte ich fast zwei Jahre mit Lukas und Sam, doch wirklich zu Hause war ich noch immer nicht. Auch der neue Tierarzt, der eigentlich Teilhaber werden sollte, und ich kamen nicht so gut miteinander aus.

Über eine Praktikantin bekam ich ein Jobangebot in der Universität Gießen bei Frankfurt und nahm es an. So zogen wir zu dritt nach Hessen, ich in den Lindenforst bei Gießen, mit Lukas natürlich, und Sam kam nach Langgöns, nicht weit weg von der Wohnung.

Das Gehalt war geringer als vorher, und mir fiel der Abschied dann doch schwerer, als ich gedacht hatte, vor allem als ich meinen Ex-Chef am letzten Arbeitstag fragte, warum er sich nicht um Ersatz für mich gekümmert habe. »Ich habe bis jetzt gehofft, dass Sie doch bleiben«, entgegnete er, und ich wusste, dass er das ernst meinte.

In Gießen war ich für die beiden OPs zuständig und hatte zunächst nicht allzu viel zu tun. Ich fand es dennoch interessant, denn alles war so anders. Das, was sonst ein Tierarzt draußen alles allein machen muss, wurde hier unterteilt in Gynäkologie, innere Medizin, Orthopädie und Chirurgie, wo ich arbeitete.

Im Stall lief alles gut, und ich fand schnell Anschluss, wieder mit der Option, eventuell doch die Wunsch-Schwiegertochter zu werden – nein danke! Zusätzlich ritt ich einen Araberhengst, der einem wohlhabenden Mann gehörte, der allerdings wenig Zeit hatte. Die Freundin des Mannes lernte auf Sam reiten.

Meine möblierte Wohnung war zwar nur 25 Quadratmeter groß, nicht viel mehr als ein Studentenzimmer, aber ich fand sie trotzdem toll. Beim Einzug fand ich erst einmal ein paar Pornohefte hinter dem Bett, die der Vormieter wohl vergessen hatte. Wenn ich aus dem Fenster sah, blickte ich in den Wald, und zum Einkaufen ging ich hinüber zum großen Discounter. Sehr praktisch.

Auf der Arbeit stieß ich auf nette Kollegen, die sich freuten, einen Dummen zu finden, der noch arbeiten wollte, und auf Neid, weil ich mehr wusste als so manch einer der Pfleger, die bereits Jahren dort waren.

Oft ritt ich mit Sam ins Gelände. Es gab schöne Strecken dort, mit Hügeln und Sprüngen, doch da er nicht sehr aufgeweckt war und ich eines Tages schlechte Laune hatte, stürzten wir am einzigen Graben. Immer musste ich Sam vor dem Reiten geradezu wach machen, an diesem Tag aber hatte ich es vergessen. So galoppierte er geradewegs in den Graben, statt zu springen. Doch was mich am meisten ärgerte, war Lukas. Der lief einfach seine Runde weiter nach Hause in den Stall und wartete dort auf uns. Satansbraten!

Es war ein Sonntag, und ich hatte frei. Ich war gerade mit Lukas aus dem Wald zurückgekommen. Gegen elf Uhr klingelte mein Handy, und am anderen Ende meckerte jemand: »Du arbeitest wohl gar nicht mehr!« Es war der Fahrer vom Dressurstall, meinem alten Arbeitgeber. Der Mann hatte ein Pferd, das ich noch von früher kannte, zu einer Kolikoperation nach Gießen gebracht. Von meiner alten Stelle her wusste er natürlich, wo ich abgeblieben war. Brav fuhr ich hin, um zu sehen, wie die OP verlief. Nun stand schon wieder ein neuer Job zur Diskussion.

Diesmal suchte jemand einen Pfleger für die Olympischen Spiele 2004 in Athen. Bis dahin war noch etwa ein Jahr Zeit. Eigentlich hatte der Reiter seine Karriere beendet, wollte nun aber wieder anfangen, war noch nicht einmal mit diesem Pferd gestartet und meinte, direkt nach Athen fliegen zu können. Das war schon ein Reiz, die Olympischen Spiele, doch ob das am Ende klappen würde? Was da so alles passieren konnte bis zu diesem Zeitpunkt. Ich begann zu grübeln, und die Diskussionen kamen ins Rollen. Sollte ich in meinem Leben noch mal eine Dummheit begehen und für ein Jahr aussteigen? Ein Verbrechen wäre es nicht, doch mein aktueller Job war auch nicht die Erfüllung meiner Träume. Doch diese sechs Wochen, in denen man mich nach Frankfurt »ausgeliehen« hatte, wirkten noch immer nach.

Wir einigten uns darauf, dass ich zu einem Turnier nach Luxemburg mitfuhr, danach wollten wir über eine eventuelle Zukunft reden. Das Pferd galt als problematisch, lief wohl auch mal unter dem Sattel in Menschen hinein, stieg gerne, fraß manchmal einfach nicht und galt als ein bisschen doof. Und mit so einem Tier wollte dieser Mann zu den Olympischen Spielen. Die derzeitige Pflegerin, die aufhören wollte, wünschte mir nichts Gutes und meinte, nach Mondorf-les-Bains würde ich nie wieder mitfahren wollen – weder mit dem Pferd noch mit dem Reiter.

Als ich zu dem Fahrer in den LKW stieg, hatte ich das Pferd noch nicht einmal angefasst. Ich musste schon ziemlich unzurechnungsfähig sein, um so etwas zu machen.

Als wir an unserem Ziel anlangten, war das Stallzelt noch leer. Ich verhielt mich wie immer auf einem Turnier, streute die Box ein und lud das Pferd ab, welches ich nun zum ersten Mal näher betrachtete. Zum allgemeinen Erstaunen hatte der

Fuchswallach erst einmal Hunger und fraß ohne Probleme, was er ja angeblich auf Turnieren nicht tat.

Der Reiter kam mit seiner Familie nach, und es ging weiter bis zum Sonntag. Wir hatten aber auch Glück mit dem Wetter, und ich hörte zum ersten Mal in meinem Leben Montserrat Caballé live. Nicht mein Geschmack, aber die Dame sang eben abends dort und war nicht zu überhören. Das Pferd schien zufrieden zu sein, der Reiter glücklich, nur der Bundestrainer und ich hatten Kommunikationsprobleme. Da wir zwar aus Deutschland kamen, aber für die Niederlande starteten, sprach er mich auf Niederländisch an. Weil ich zum damaligen Zeitpunkt kein Wort verstand, reagierte ich zwei Tage lang nicht, bis er zu mir kam und sich auf Deutsch mit mir unterhielt. So unhöflich bin ich doch gar nicht …

Sozusagen Ende gut, alles gut – Lukas, Sam und ich zogen mal wieder um, näher an Frankfurt, nach Bad Homburg.

Im Grunde war das neue Domizil wie eine große Parkanlage aufgebaut, mit mehreren verzweigten Wegen, die zu den Wohngebäuden führten. Generationen lebten dort mehr oder weniger harmonisch vereint. Sam stand unten am Wirtschaftshof und kam jeden Tag ins Freie. Wir brauchten keine Nobelbox im Hauptstall. Ich zog in den Turm ein. Eine schöne Wohnung über zwei Etagen, jedoch immer in Sichtweite des Chefs, was mich dann doch etwas störte.

Meine Aufgabe bestand zu Anfang darin, mich mit dem besagten Pferd, das den Spitznamen Baby Bark bekam, so zu befassen, dass es schlichtweg funktionierte. Die vorangegangenen Versuche waren immer wieder von seinen Ausfällen geprägt, doch Bark hatte einfach etwas, was mich sehr ansprach. Zu Beginn war er neugierig auf mich, beobachtete mich oft im Stall, und die Chemie stimmte einfach zwischen uns. Er suchte eine Person, der er vertrauen konnte, und ich hatte wieder ein Pferd gefunden, welches jemanden suchte und nicht alle Menschen als gleich ansah.

Bark und ich fuhren also zu jedem gewünschten Turnier, und jeden Tag war ich bei ihm. Auch an meinen sogenannten freien Tagen versorgte ich ihn, denn das Ziel hieß ja Olympiade, und dafür musste man auch Opfer bringen. Bark wurde richtig arrogant, fraß denselben Apfel nicht unbedingt von seinem Reiter, aber von mir, doch er machte seinen Job zuverlässig. Lukas musste mitarbeiten, denn das Pferd befand sich in Einzelhaltung und fand es toll, wenn der kleine Köter bei ihm schlief, auch auf den Turnieren. Es war dort üblich, alles etwas extremer zu handhaben als andere Reiter und mehr Sorgfalt in allem walten zu lassen, was fast schon in Perfektionismus ausartete.

Die Zeiten änderten sich, und ich fuhr mit den beiden im großen LKW auch alleine fort. Wurde Bark unruhig, kam Lukas nach hinten zu ihm, und alles war gut.

Sam stellte ich für kurze Zeit bei Ralf unter, dem Pferdehändler, von dem ich Pay und Rialto gekauft hatte. Dort setzte ihn meine Freundin Barbara gerne im Unterricht ein und holte ihn im Frühjahr wieder in die Nähe, jedoch nicht auf die Anlage zurück.

Die Zeit dort veränderte mich, was ich jedoch nicht sah und vermutlich auch nicht sehen wollte. Ich liebte dieses Pferd, doch die andauernde Arbeit, die nächtliche Belastung und das Umfeld beeinflussten mich – zu meinem Nachteil.

Dieser Überfluss an Geld, das Gejammer, man habe nicht genug davon, um dann wieder neue Pferde, Ponys, Autos und so weiter kaufen zu können – das war nicht meine Welt. Man könnte auch sagen, es handelte sich um Frustshopping im großen Stil. Meine Freundin Astrid sagte mir damals schon, dass ich mich verändert hatte, aber ich wollte es nicht hören.

Ja, nach fast einem Jahr hatten wir es tatsächlich geschafft und waren für die Olympischen Spiele in Athen 2004 qualifiziert. Doch mein Reiter konnte sich so gar nicht darüber freuen, was ich nicht verstand. Natürlich konnte immer noch etwas dazwischenkommen, aber vielleicht ging ja auch morgen die Welt unter.

Sam verbrachte den Sommer hinter der Wartburg bei den Fjordpferden. Man nahm ihn gelegentlich zu den Ausritten mit, was mein Gewissen etwas beruhigte. So wurde er wenigstens zeitweise gefordert. Ich besuchte ihn oft spät am Abend.

Nun ging es tatsächlich los zu den Olympischen Spielen. Ich sollte nach Amsterdam zum Flughafen und von dort aus hinfliegen, mein Chef wollte mit dem Pferd zusammen fliegen. Ich hielt das für eine völlig absurde Idee, denn das Pferd war ein Jahr lang auf mich getrimmt worden und nicht auf ihn. Doch er ließ sich nicht von seinem Plan abbringen.

In der Nacht kamen wir im Markopoulo Riding Center an und gingen zu unseren Boxen, um diese vorzubereiten. Die Pferde sollten in den frühen Morgenstunden eintreffen. Es war warm, und jeder sprach Englisch, was mich sehr beruhigte.

Baby Bark war während des Fluges, der zum Glück nur zweieinhalb Stunden dauerte, im Flugzeug ausgerastet – wirklich wundern konnte es mich nicht. Er sah etwas zerrupft und vermackt aus, und mein Chef war mit den Nerven fertig, denn die Tiere durften ja nicht gespritzt werden. Das wäre Doping gewesen.

Vitamin B war immer gut, also lieh ich mir von den Deutschen deren Spezialistin für Akupunktur aus, denn Bark war völlig verspannt und steif nach dem Flug.

Irgendwie hatte ich mir eine Olympiade anders vorgestellt. Ich dachte, dass ich Unmengen von fremden Menschen kennenlernen würde, andere Sportler, doch ich wurde bitter enttäuscht. Drei Wochen verbrachten wir in dem Riding Center, fernab vom olympischen Dorf und all den anderen Wettkämpfen, und dort waren alle, die man bereits von den anderen internationalen Turnieren her kannte. Drei Wochen lang gab es das gleiche Essen – prima. Die Jungs von der deutschen Spedition mit den cremefarbenen LKWs samt grüner Aufschrift brachten uns gelegentlich etwas aus dem Ort mit. Das war unsere Rettung, denn aus Sicherheitsgründen waren nur wenige Taxis berechtigt, das Center anzufahren.

Das war also alles andere als ein sagenhaftes Ereignis. Mich überkam auch kein Stolz, dabei zu sein, vielleicht weil alles so war wie immer. Einmal brach sogar ein Feuer in der Nähe des Riding Centers aus, und wir bekamen es mit der Angst zu tun. Doch die Griechen lachten nur darüber und hatten es schnell gelöscht.

Ein weiterer Knüller: Man hatte doch tatsächlich Rollrasen auf den Reitplätzen verlegt. Deshalb kam es immer wieder zu unschönen Szenen, wenn die Pferde nach Sprüngen landeten, denn sie rutschten auf dem Rasen aus, und verständlicherweise ging es so manch einem Pfleger und Reiter dann verdammt schlecht. Es war alles andere als ein schöner Anblick, wenn die Pferde mit dem Hänger aus dem Parcours gefahren und in die extra dafür erbaute Klinik transportiert werden mussten. Einige Pferde traten nie wieder die Heimreise an.

Baby Bark fraß sich gegen meine Erwartungen in den drei Wochen einen dicken Bauch an. Die Pferde waren vor und nach dem Flug gewogen worden, und meins hatte zweifellos zugenommen, trotz des Wetters und des Stresses.

Jedenfalls holten wir im Einzelwettbewerb keine Medaille. Das war aber abzusehen gewesen. In der Mannschaftswertung kamen wir auch nicht aufs Treppchen, aber immerhin errang eine Mannschaftskollegin Einzelgold. Das war natürlich ein Highlight, und der ewige Kampf gegen Deutschland um die Goldmedaille war für die kommenden vier Jahre entschieden. Bark benahm sich auf unserem gemeinsamen Rückflug jedenfalls vorbildlich.

Nach der Olympiade durfte er nach dem Reiten zum ersten

Mal auf einen gut eingezäunten Sandpaddock. Natürlich war er einbandagiert und hatte Sprungglocken drauf, es sollte ihm ja nichts passieren. Zuerst war er sehr unsicher und hielt sich lieber dicht in meiner Nähe auf. Nach einigen Tagen hatte er es aber begriffen und wälzte sich auch genüsslich im Dreck. Bei schlechtem Wetter durfte er nach dem Reiten in der Halle laufen und reagierte auf mich wie damals Pay. Dieses Pferd begann mit mir zu spielen, auf mich zuzugaloppieren, auch mal etwas anzusteigen, einfach zu leben ohne einen Reiter im Rücken. Ich freute mich so sehr, dass Bark endlich diese Chance bekam.

Der gute alte Sam, den ich nebenbei mitzog, verließ mich sehr plötzlich. Dass er hochgradig Schale an beiden Vorderbeinen hatte, war nicht zu übersehen, doch dann schien sie durchgebrochen zu sein, und er lahmte sehr stark. Auch mit vier Beuteln Equipalazone ging es ihm nicht gut, und nach etwas mehr als einer Woche entschied ich mich nach Rücksprache mit einer Tierärztin, ihn zu erlösen. Natürlich hätte man es über eine Neurektomie versuchen können, doch ich stand nicht hinter dieser OP-Methode, und er sollte sich nicht länger quälen. Ja, das war sein letzter Sommer, während ich nur die Olympiade im Kopf hatte. Der gute alte Sam.

Leider konnte ich bei seinem Ende nicht dabei sein, weil ich zum Turnier musste und ihn nicht unnötig leiden lassen wollte. Später aber nahm ich es mir selbst noch lange Zeit übel, dass ich auch in diesem Fall den Job hatte vorgehen lassen. Entschuldige, Sam.

Weiter ging die Turniersaison, und nun ging es darum, dass sich Reiter und Pferd für das Worldcup-Finale qualifizierten, welches im kommenden Jahr in Las Vegas stattfinden sollte. Mein Reiter stresste sich bereits, wenn er an den Flug dachte. Ich dagegen blieb ganz ruhig, denn für mich stand fest, dass ich mit Bark fliegen würde, denn es war einfach mein Baby, selbst wenn ich nicht der Reiter dieses Pferdes war.

Für mich war der Trip nach Las Vegas cooler als die Olympiade. Von Amsterdam-Schiphol flogen wir mit vier Pferden nach Los Angeles. Dort blieben die Pferde zwei Tage in Quarantäne. Wir konnten nur zweimal am Tag zu ihnen und vertrieben uns den Rest der Zeit in L.A. Da man mit den Pferdesachen auch unsere Kleidung eingecheckt hatte, kamen wir nicht mehr heran und mussten etwas Frisches kaufen. Von dort ging es für einige Tage nach Beverly Hills auf die Hemingway Bird's Nest Farm. Das war super, denn wir hatten die Reitanlage ganz für uns, durften den Pool nutzen, und Touristen waren auch keine dort, weil alles an eine TV-Produktion vermietet worden war. Die Pferde waren dort monatelang unterwegs und kamen von den Turnieren gar nicht mehr nach Hause. Die Unterkünfte waren nobel wie auch die Stallungen, und Bark ging es gut. Den Flug hatte er ohne Probleme überstanden. Ich war als working groom gebucht, sodass ich jederzeit bei den Pferden sein konnte.

Dann ging es mit einem Truck nach Las Vegas in die Wüste. Ich hätte nie gedacht, dass es nachts wirklich so kalt werden konnte – Tourist eben. Auf der Fahrt – wir waren hinten bei den Pferden – sah ich zum ersten Mal die Wüste, und in der Nacht kamen wir in Las Vegas an – die schönste Zeit dort in meinen Augen. Die Pferde kamen in Stallzelten unter, und geritten wurde im Thomas and Mack Center. Das Abreiten fand draußen statt, wo sich die Reiter erst einmal über den Boden beschwerten.

Wir wohnten im nahe gelegenen Terrible's Hotel, wohin wir zu Fuß gehen konnten. Zuerst fanden wir die Rezeption nicht, denn keiner wusste, dass man dort erst durchs Casino gehen musste, um dorthin zu gelangen. Die Stadt war einfach unbeschreiblich: 24 Stunden munter, Menschenmengen auf den Straßen, die Läden hatten immer geöffnet, und die Beleuchtung war einfach sehenswert. Dann diese verspielten Hotels, es war eigentlich als Disneyland für Erwachsene zu beschreiben. Da führten Achterbahnen aus einem Hotel ins Freie und wieder hinein, im »Paris« war Paris indoor komplett nachgebaut, mit Wasser, Himmel, allem Drum und Dran. Für mich war es einfach Wahnsinn. Die Menschen in L.A. und Las Vegas waren offen und freakig zugleich. Einem Taxifahrer versuchten wir deutsche Wörter beizubringen, lauter solche Dinge. Gelegentlich flogen Privatjets ein, und eines Abends saß ich auf der Treppe des Centers und wartete, bis ich Bark um neun noch einmal füttern konnte. Da lernte ich einen Polizisten kennen, der am elften September vor Ort war und mir davon erzählte.

Natürlich wurden die Pferde gut betreut, und ich war vermutlich mal wieder derjenige Pfleger, der sich am wenigsten von seinem Pferd trennen konnte. Dennoch bekam ich genug mit von den Attraktionen vor Ort.

Mit dem Endresultat waren wir zufrieden, machten wieder Zwischenstopp in L.A., wo wir uns ja bereits ein wenig auskannten, und flogen dann zurück. In Schiphol sperrten sie unseren Flug, weil bei einem der Pferde die Papiere nicht stimmten, und alle mussten warten. Die armen Tiere – als ob zwölf Stunden Flugzeit nicht schon genug gewesen wäre.

Aber es war ein unvergessliches Erlebnis, und als ich auf dem Hinflug die Wüste von Arizona sah, dachte ich an meinen alten Kerl Pay. Wenn es ihn noch gäbe, wäre ich vermutlich nie so herumgekommen.

Im Stall änderte sich nun einiges. Die Kinder begannen zu reiten und in die Ponyszene einzusteigen und strebten im Eiltempo an die internationale Spitze. Ich war Mädchen für alles: Mein Job umfasste das Managen des Dressurstalls, Pflege, Reiten, Kinderbetreuung, Einstallerberitt und -unterricht, die Hunde mussten mal zum Tierarzt, ein Schwein musste in den Opel-Zoo gefahren werden, und die Poolreinigung war kaputt.

Ach, der Fuhrpark musste gelegentlich in die Werkstatt, der Schäfer sollte kommen, um die Schafe zu scheren, und das Personal kam und ging gelegentlich, aber sonst war alles prima. Urlaub gab es keinen und frei eigentlich auch nicht. In meinen gelegentlichen Mittagspausen, wenn nicht Schmied, Tierarzt, Wunderheiler oder sonst wer kamen, fuhr ich gelegentlich zum Sattler nach Gießen.

Bei meinem Moped war mal wieder die Batterie leer. Ich ließ es von der Werkstatt abholen und merkte nicht einmal, wie der jüngere Herr mir doch deutliche Signale gab, dass er mich interessant fand, bis ich am Valentinstag einen Blumenstrauß erhielt. Ich hatte aber wie immer nur die Pferde im Kopf, und deswegen ging es auch nicht lange gut. Ich hatte keine Zeit für den Kerl, auch wenn er gar nichts falsch gemacht hatte. Die wenige Zeit, die mir verblieb, nutzte ich zum Schlafen.

Nein, eigentlich wollte ich ja nur ein Jahr bleiben, doch nun waren es bereits mehr als zwei, und ich musste da raus. Der Reiter hatte kein wirkliches Interesse mehr an dem Pferd. Er sprach es nie aus, doch es war auch nicht zu übersehen. Von einer Arbeitskollegin erfuhr ich, dass am folgenden Tag ein potenzieller neuer Reiter mit einem Sponsor im Hintergrund kommen würde, um das Pferd auszuprobieren. Ich war zwar etwas traurig darüber, dass mein Chef mir das nicht selber mitgeteilt hatte, aber so war es eben. Man brauchte mich aber zu diesem Unterfangen, denn man fürchtete, Bark würde sich ohne meine Anwesenheit nicht gut benehmen, so wie bei den Pflegern vor mir. Ich spielte mit. Das ging so weit, dass ich mit seinem neuen Reiter nach Belgien fuhr und mit dafür sorgte, dass der sich mit Bark für die Weltreiterspiele qualifizierte. Mir ging es ums Pferd, nicht um den neuen Reiter. Den konnte ich nicht leiden. Er war mir zu arrogant.

Mein Vorstellungsgespräch in einer Pferdepraxis in der Nähe verlief gut, ich stand gleich mit im OP und fühlte mich dort wohl. Auch vonseiten des Tierarztes war alles in Ordnung, bis ich auf einmal eine Absage erhielt, die ich mir bis heute nicht erklären kann. Der Tierarzt druckste am Telefon furchtbar herum, dass er mich doch nicht nehmen könne. Mysteriös. Mir war ja bereits an den Kopf geworfen worden, dass man mir nicht erlaubte, im Stall zu kündigen. Was mich allerdings nicht daran hinderte.

Dann bewarb ich mich eben woanders und wurde dort genommen. Mit dem neuen Reiter war dies offenbar nicht so abgesprochen, und er war etwas verblüfft, als ich ihm sozusagen eine Bedienungsanleitung für Bark überreichte.

Ja, ich liebte dieses eigensinnige Pferd und wollte, wenn ich diesmal vom Hof fuhr, nicht wiederkommen. Da gab es zu viel zwischen dem Chef und mir, was nicht mehr übereinstimmte, und ich wollte auch nicht auf die Weltreiterspiele nach Aachen fahren. Weg bedeutete aus und vorbei.

So verließ ich den Hof, kurz bevor Bark den Stall wechselte. Ja, ich würde ihn vermissen, vermutlich weil er charakterlich Pay sehr ähnlich war. Auch einige Kollegen würden mir fehlen, doch es war längst überfällig, dass ich ging.

Zum letzten Mal öffnete sich das elektrische Hoftor an der Haupteinfahrt für mich. Der Abschied war schlichtweg miserabel. Da gab es einige, die nicht einmal den Anstand hatten, sich zu verabschieden. Das bestärkte mich natürlich in meiner Entscheidung. Für gewisse Kreise stand man offenbar nicht auf gleicher Ebene mit anderen Menschen, sondern war nur eine Sache, ein Mittel zum Zweck. Und die »Sache« erdreistete sich auch noch, eigene Entscheidungen zu treffen! So etwas wurde nicht geduldet, denn es passte nicht gut ins Bild. Es würde zwar nicht einfach sein, einen neuen Trottel zu finden, der sich als Mädchen für alles betätigte, aber auch nicht unmöglich. Von diesem Moment an war der Kontakt abgebrochen. Noch am selben Tag wechselte ich meine Handynummer.

Später erfuhr ich, dass es Bark in Aachen nicht einmal unter die besten 30 Pferde geschafft hatte.

Ich verschwand aus der Pflegerszene, wie auch Bark lange in der Versenkung abtauchte.

Heute läuft Bark unter einem neuen Reiter wieder sehr erfolgreich in der nationalen Szene. Das freut mich sehr.

Bochum, und die Zeit danach

So zogen Lukas und ich in eine Kellerwohnung nach Bochum-Weitmar. Die Vermieter und auch zugleich Eigentümer des Hauses waren sehr nett und mochten Lukas. Ich kannte die Stadt zuvor nicht, begab mich erst einmal auf Erkundungstour und entdeckte die tollen Seiten. Es war eine Mischung aus Großstadtflair mit vielen Grünflächen, und am besten war der nahe gelegene Kemnader See. Da es Frühling war, waren noch nicht viele Menschen am Ufer entlang unterwegs, und Lukas hatte seinen Spaß am und im Wasser.

Der Job in der Pferdepraxis war gut, die Leute und der Chef waren nett, und ich fand schnell Anschluss dort. Auch einige bekannte Gesichter aus der Turnierszene traf man natürlich wieder, und ich freute mich, sie zu sehen.

Verdammt viel Schnee für deutsche Verhältnisse gab es, und mein kleiner Smart erkämpfte sich auf dem rutschigen Kopfsteinpflaster seinen Weg zur Arbeit. Während er vor der Praxis stand, schippten einige Scherzbolde unter den Kollegen ihn komplett mit Schnee zu – sehr witzig!

Alles lief gut, ich erholte mich von der Zeit als Pfleger und schlief anfangs sehr viel. Nachmittags ging ich sogar mit Lukas joggen – hier gab es für meinen Geschmack ziemlich steile Berge … In vielen versteckten Winkeln schaute immer mal wieder ein Pferdekopf hervor, ich fand es einfach toll hier. In der Innenstadt fand ich mich sofort zurecht, nur diese merkwürdigen Zufahrtsregelungen waren mir neu. Auf der Arbeit ritt ich auch gelegentlich und fuhr eines Tages mit dem Chef nach Aachen aufs Turnier. Er hatte bei den Kutschfahrern Turnierdienst an einem Hindernis.

Partys feiern konnte man hier auch gut, denn direkt in meiner Nähe befand sich die »Zeche«, eine legendäre Diskothek, die wirklich früher eine Zeche war. Nur wenn es »dark music« hieß, blieb ich lieber zu Hause. Der Tierpark Bochum war Kunde bei uns, und ich ging gerne mit Lukas dorthin. So entwickelte sich eine Bekanntschaft, und ich wurde immer mal wieder gefragt, wann ich denn wiederkäme, denn dann könne ich ja dies und das an Medikamenten mitbringen. Dafür kam ich dann auch kostenlos in den Zoo – prima Sache.

Dann stand der Flug mit dem Chef an die Universität nach Madrid an. Ich hatte so meine Bedenken, da ich ja kein Wort Spanisch sprach, doch man sagte mir, das sei alles kein Problem, denn gerade an der Uni sprächen ja alle Englisch. Beim Einchecken filzten sie mich erst einmal, weil ich eine Haarspange in der Tasche hatte. Mein Chef war längst durch und grinste nur.

In Madrid wohnte ich im Hotel, der Chef dagegen bei den Gastgebern, deren Pferde wir am folgenden Tag operieren sollten. Dort sprach man noch Englisch. Am Abend aber aßen wir in diesem pompösen Haus mitten in der Stadt, man sprach nur Spanisch, und ich verstand überhaupt nichts, saß brav da und aß meinen Teller leer. Mich störte es sehr, dass der Hauseigentümer die Bedienung von oben herab behandelte, wie einen Menschen zweiter Klasse.

Am folgenden Tag an der Uni sollte ich recht behalten: Hier sprach keiner Englisch! Als ich fragte, wo denn das zu operierende Pferd sei, brachte man mir Verbandsmaterial. Verzweifelt stand ich da und wusste mir nicht mehr zu helfen, was sehr zum Amüsement meines Chefs beitrug. Wir arthroskopierten zwei Pferde, und es war interessant zu sehen, wie dort gearbeitet wurde. Der Anästhesist ging auch mal zwischendurch weg, und war das Pferd vom Tisch, kam eine Putzkolonne und säuberte den OP.

Nachdem die Operationen gut verlaufen waren und die Pferde bereits in ihren Boxen standen, ging es zum Mittagessen in irgendeinen teuren Klub, wo man auch reiten und golfen konnte und normalerweise nur als Mitglied hineinkam. Wieder saß ich brav da und lächelte, denn ich konnte noch nicht einmal die Speisekarte ohne Hilfe lesen. Plötzlich kam Unruhe auf. Männer in schwarzen Anzügen und mit Knopf im Ohr sprangen auf die Terrasse, und draußen fuhren drei schwarze Limousinen vor wie im Fernsehen. Dann kam jemand in Begleitung seiner Bodyguards zu uns an den Tisch, begrüßte uns freundlich, gab uns die Hand und setzte sich einen Tisch weiter zum Essen. Verwirrt fragte ich nach, wer denn nun das wieder sei. Nur ein spanischer Spitzenpolitiker halt – ja klar, Chef, ich speise zu Hause auch gelegentlich mit der Kanzlerin …

Ich war so froh, als ich wieder in Deutschland war. Man sprach meine Sprache!

Wie üblich ignorierte Lukas mich mehr oder weniger, als ich zurückkam. Dann wurde auch noch ein Sommermärchen in Deutschland ausgerufen. Ich habe noch heute keine Ahnung vom Fußball, doch zu dieser Zeit schaute jeder Fußball an den öffentlichen Plätzen. Alle waren gut drauf, es war eine unbeschreibliche Stimmung im Land. Das musste man einfach erlebt haben. Der Sommer spielte auch mit.

Alles war gut, bis auf eins: Ich war fast pleite. Das lag nicht daran, dass ich zu verschwenderisch lebte, sondern dass ich wie meine Kollegen kein Gehalt bekam. Die Praxis war bankrott. Ich sprach mit dem Chef ganz offen über dieses Problem. Ich war einfach zu stolz, um zu meinen Eltern zu gehen und um Geld zu betteln. Schon gar nicht war ich bereit, einen Kredit aufzunehmen, um meine Kosten zu decken, obwohl ich doch einen Job hatte.

Es gab kein Entrinnen, und so verbrachte ich meine freie Zeit im Internetcafé, um Stellenangebote zu durchforsten. Groß war die Auswahl nicht, und Zeit hatte ich auch nicht. So bekam ich eine Stelle in einer niedersächsischen Pferdepraxis.

Bochum, ich habe dich nur ungern verlassen, und sollte es sich in meinem Leben erneut ergeben, werde ich wiederkommen. Vor allem war ich ja aus Geldmangel nicht mal im Musical »Starlight Express«.

Mit meinen letzten Euros in der Tasche mietete ich mir einen Sprinter – da in meinen Smart die Möbel nicht wirklich hineinpassten – und zog in den Kreis Osnabrück. Natürlich mit Lukas, ist ja klar.

Eine schöne Zeit waren diese fünf Monate trotzdem, und mein fehlendes Gehalt habe ich auch ohne Anwalt, eben mit Verspätung, bekommen. Stolz war ich schon, denn es war auch eine Erfahrung für mich, so wenig Geld zur Verfügung zu haben und dennoch nicht betteln gewesen zu sein. Meinen Eltern schickte ich eine Postkarte mit dem Vermerk: Wir sind umgezogen ...

Vielleicht war ich mit der Hoffnung ins Pferdeland Niedersachsen gekommen, es könnte alles ein wenig so werden wie früher in Mühlen. Der große Verkaufsstall mit Schwerpunkt Dressurreiten war kaum einen Kilometer entfernt, und ich dachte, dass ich da vielleicht ein wenig mitreiten könnte. Oder in einem der anderen Ställe, denn das Reiten fehlte mir.

Ich zog in eine 23 Quadratmeter große Wohnung am Hang oberhalb der Praxis ein: winzig, aber kostengünstig, und ich konnte mit Lukas hinunterlaufen, denn an Geld mangelte es mir immer noch ziemlich. Meine Nachbarin auf dem Berg fand Lukas gleich toll, und er ging fast jeden Morgen hinüber, um sich seine Leberwurstbrote abzuholen.

Ich brauchte einen Job, der Geld brachte, und ich hatte ihn bekommen. Doch so richtig wohlfühlte ich mich nie, ohne dass mir jemand wirklich etwas getan hatte. Die Gegend und der fast fortwährende Regen dort – das fand ich schlichtweg grässlich.

Neben der vielen Arbeit machte ich kaum etwas, außer an

den Samstagabenden. Am liebsten ging ich dann nach Osnabrück ins Alando, meine Lieblingsdiskothek.

Das mit dem Reiten klappte nicht so wie erhofft, denn näherer Umgang mit Kunden war nicht gewünscht. Das war auch irgendwie verständlich. Wie gewohnt ging ich zur Arbeit, erledigte gewissenhaft meinen Job, bildete die Azubis aus und machte wie so oft Narkosen. Anpassungsfähig war ich ja, und auch dort traf ich wieder auf alte Bekannte aus der Szene.

Lukas hatte sich von der Sattelkammer ins Büro vorgearbeitet, das er nun als Schlafplatz okkupierte, und ich beschloss, nebenbei meine Ausbildung zum Pferdephysiotherapeuten zu absolvieren.

Durch diesen Kurs kam ich einfach mehr raus, was ich sonst eher nicht tat. Ich fand die Ausbildung sehr interessant und auch viele Leute amüsant, doch ich bekam immer wieder Probleme. Sehr oft wurden einige meiner Ex-Arbeitgeber durch den Dreck gezogen, und ich konnte ja nicht immer sagen, dass die Anschuldigungen vielleicht gar nicht stimmten. Eine gewisse Verschwiegenheit musste auch ich bewahren, und die Ausbildung nur mit Leckerli ist doch mehr als schwierig. Mal ging ich gerne hin, mal nicht, aus besagten Gründen, doch ich wollte es durchziehen.

Einmal fuhren wir zu einem Vielseitigkeitsstall, wo mich dann der Hammer traf. Ich kannte die Pflegerin und die Reiterin. Klar, sie hatten mich erkannt, doch dass da auch noch ein Pferd von meiner ehemaligen Stelle, dem Dressurstall, stand! Außerdem hörte ich dazu eine eher abschreckende Geschichte. Dabei war die Stute so ein unkompliziertes Pferd gewesen. So holte mich meine Vergangenheit einfach immer wieder ein. Dadurch fiel ich auch immer wieder im Kurs auf: Einige hatten noch nie eine S-Dressur live gesehen und wussten auch nicht, wie die Lektionen hießen.

Erst sollte ich, wenn ich meine Prüfung absolviert hatte, nicht als Pferdephysiotherapeut dort arbeiten. Dann hatte es sich der

Chef anders überlegt, und es freute mich, denn ich glaubte seinen Worten und dachte, er meinte es ernst als Ergänzung zum Aquatrainer und Anreiten.

Zwei Monate vor meiner Prüfung stand dann aus heiterem Himmel morgens eine Person vor mir und stellte sich als Pferdephysiotherapeutin der Praxis vor. Ja doch, da fehlten auch mir die Worte. Brav wartete ich und wollte meinem Arbeitgeber Zeit geben, mir dies zu erklären. Er sah es aber nicht als notwendig an – er war der Chef.

Meine Prüfung vergeigte ich beim ersten Mal – ich sollte den Gurkenglasgriff machen und hatte diesen Begriff noch nie zuvor in meinem Leben gehört. In meinen Unterlagen fand ich ihn dann auf einem schlecht kopierten Blatt. Im Fach Akupressur – das mir sehr schwerfiel, weil ich nicht wirklich an Heilung glaube – war ich dagegen gut. Wenige Wochen später wiederholte ich die Prüfung und bestand. Der besagte Griff wurde nicht mehr abgefragt, und dennoch werde ich ihn wohl nie wieder vergessen.

Geduldig wartete ich. Die Physiotherapeutin war bereits weg, sie hatte schlagartig gekündigt, doch man kam nicht wirklich auf mich. Fürs Internet wurde meine Fortbildung benutzt, doch praktisch eher nicht.

Die ganze Anlage war schön, groß und freundlich. Inzwischen gab es sogar einen Computertomographen, den ich zuvor nicht kannte, wie auch die IRAP-Therapie. Und dennoch verließ mich das Gefühl nicht, dort immer nur eine Nummer von vielen zu sein. Ich fand absolut keinen Zug von Menschlichkeit dort, warum auch immer.

Hinzu kam, dass der Job mich anödete: vortraben, Pferde sauber machen zum Spritzen, sich oft genug treten lassen bei den Injektionen oder Anästhesien. Nach langen Tagen wollten einfach alle nur todmüde ins Bett, und durch die Rennerei war man körperlich zu müde, um noch viel zu unternehmen.

Die Sache mit der Physiotherapie nagte sehr an mir. Dies war etwas, worin ich einen Sinn sah. Meine Ausbildung als Tierheilpraktiker zog mich bei Weitem nicht so in den Bann wie diese, und ich wollte weitermachen, doch dort, wo ich arbeitete, war das nicht möglich.

Ja, dort im Land des ewigen Regens hatte ich mir erneut eine Scheinwelt aufgebaut. Auf der Arbeit war ich freundlich, bildete die Azubis aus, war nett zu den Pferden und Kunden, doch mehr gab es in meinem Leben nicht. Der Fernseher war der beste Freund. Zu reiten hatte ich nichts, weil der Chef es nicht gerne sah, dass man mit Kunden Kontakt hatte, auch wenn man sie bereits seit Jahren kannte. Die Spaziergänge mit Lukas in den Steinschlag oberhalb der Gärtnerei, oder wo auch immer wir uns herumtrieben, machten mich auch nicht gerade glücklich.

Wie sehr sehnte ich mich einfach nach einem Ort, den ich Zuhause nennen konnte! Eine Wohnung, die ich mir nicht nur improvisiert einrichtete, weil sie eigentlich zu klein war und ich wusste, dass es nicht für ewig sein würde. Einen Ort, wo ich einen stabilen Freundeskreis aufbauen konnte, wo es mir gefiel und Lukas natürlich auch. Zu Pays Zeiten war ich bereits ziemlich ruhelos gewesen, doch seit seinem Tod noch viel mehr, denn ich war völlig ungebunden mit meinen wenigen Möbeln und dem Hund.

Als ich durch die Vortraberei starke Schmerzen im rechten Knie bekam, wurde mir klar, dass es so nicht weitergehen konnte. Erneut hatte niemand mit meiner Kündigung gerechnet, denn ich funktionierte ja gut im Job, war nie krank, machte fleißig unbezahlte Überstunden und erledigte auch Jobs, die ich nicht unbedingt machen musste. Ja, man konnte mir nachsagen, dass ich dazu neigte zu kündigen, wenn alle um mich herum meinten, alles sei in bester Ordnung. Nach außen hin war es das ja auch.

Wie gewohnt machte ich meinen Job ordentlich zu Ende. Ich schrieb idiotensichere Bedienungsanweisungen für meine Nachfolger, damit man mich nach meinem Ausscheiden so wenig wie möglich kontaktieren musste. Mir kam gar nicht in den Sinn krankzufeiern. Ich war so erzogen worden, dass das nicht infrage kam.

Am Schluss kamen mir manchmal doch Zweifel, wenn ich irgendwo wegging. Als ich Baby Bark verließ, weinte ich gar, denn ich liebte dieses Pferd sehr. Doch von hier zu gehen machte mir nichts aus. Brav gab ich den Wohnungsschlüssel ab und wollte mich verabschieden – nur der Chef nicht, er lief einfach an mir vorbei. Ja, ich hatte eben doch recht, ich war eine Nummer im Betrieb, so wie ich mich die ganze Zeit über dort gefühlt hatte, eine von vielen.

Epilog

Es war Ende März 2008, als ich mit Lukas ins Westallgäu kam. Der Job, der sich mir bot, war vielversprechend. Ich konnte mich in einer Pferdepraxis mit meiner Physiotherapie voll austoben, und wie es schien, hielt der neue Arbeitgeber sein Wort.

Wie immer zogen wir in eine kleine Wohnung, 35 Quadratmeter im ersten Stock. Ein kleiner Ort, direkt an einer stark befahrenen Straße, die zur Autobahn führte, und doch umgeben von Feldern und Waldstücken. Wir fanden erneut nette Vermieter, die Lukas sehr freundlich aufnahmen und auch mit mir immer ein nettes Wort wechselten.

Die Gegend fand ich grandios. Immer wenn ich die Berge sah, wenn ich von Wangen nach Wigratzbad oder Lindenberg fuhr, überkam mich ein Glücksgefühl. Dieser Anblick, der Schnee auf den Gipfeln, das erfreute mich immer und immer wieder.

Die Menschen lernte ich als sehr neugierig und offen kennen. Wenn man grüßte, musste es Grüß Gott heißen und nicht Hallo. Aber ich war ja lernfähig.

Wie alles im Leben sollte wohl auch dieser Ort einen Sinn in meinem Leben haben, und der bestand nicht einfach darin, nur die Berge zu sehen. Ein Mann kam in mein Leben, und das schneller, als ich es je erträumt hatte. Leider lagen rund achtzig Kilometer zwischen uns, und mein Job erlaubte mir wegen meines häufigen Bereitschaftsdienstes nicht allzu oft, guten Gewissens wegzukommen. Doch das schien weder mich noch ihn zu stören, denn auch er arbeitete im Schichtbetrieb und war schwer damit beschäftigt, seinen Hof komplett zu sanieren. Ich bewunderte seinen Mut und seine Willenskraft, solch ein Projekt anzugehen, sich finanziell zu verpflichten und langfristig zu binden. Er war nicht viel älter als ich.

Durch die Bekanntschaft mit ihm begann ich mich wieder an mein Werk zu machen. Ich hatte noch immer etwas offen in meinem Leben – Arizona Pays und meine Geschichte zu vervollständigen und zu veröffentlichen. Da ich mir einbildete, mein Bekannter arbeite noch mehr als ich zu diesem Zeitpunkt, begann ich nachts erneut an meinem Buch zu schreiben, und ich kam so gut voran wie schon lange nicht mehr.

Von meiner Leidenschaft, dem Schreiben, hatte ich hier keinem etwas erzählt. Die Menschen wussten schon so viel über mich, dass ich wenigstens das für mich behalten wollte. Nur ihm erzählte ich eines Tages am Telefon davon. Ich war auf der Suche nach einem Verlag und fragte ihn ganz unverbindlich, ob er denn einen kenne.

Warum, weiß ich bis heute nicht: Von diesem Telefonat an sahen oder hörten wir uns nie wieder. Er drückte mich am Telefon weg und brach damit jeglichen Kontakt radikal ab.

Ich stellte Vermutungen über seine Gründe an, aber ich war auch nicht der Mensch, der in sein Auto stieg, hinfuhr und ihm womöglich eine Szene bereitete. Trotzdem möchte ich ihm danken – für diesen netten Anfang im Allgäu und dafür, dass er für mich der Auslöser war, wieder zu schreiben.

Vielleicht war dies wirklich der Grund, weshalb wir hier waren – endlich das Kapitel Arizona Pay und damit einen großen Teil meiner Vergangenheit hinter mir zu lassen.

Inhalt